愿所有美好
如期而至

十点读书 作品

北京联合出版公司
Beijing United Publishing Co.,Ltd.

对未来的真正慷慨，

就是把一切献给现在。

不期而遇，如期而至

　　四年前的冬天，我在外企公司做设计工作，下了班收拾完办公桌上的杂物，抱着一摞材料离开公司。我随庞大的人流蚁行在漆黑的夜色里，走走停停。幸运的话，到车站没多久便乘上车，否则只能在嘈杂的站台安静地呼吸着迎面扑来的尾气。

　　回到家，吃了饭，匆匆地戴上眼镜坐在电脑前更新"每日好书推荐"微博。有时候忙到深夜，我会囫囵吞枣地吃上一碗泡面，翻几页书，直到眼皮沉重得撑不起来，再爬上床睡觉。

　　大多数人下了班逛街、打游戏、喝酒，做一些自己喜欢的休闲活动，而我的下班仿佛是另一个上班的开始。有人问我，这样做你得到了什么吗？说实话，我并没有想那么多，除了在网络上结交了一些同样爱读书的朋友，我确实什么也没得到。

法国作家夏尔·丹齐格在《为什么读书》一书中说："在功利主义的世界里，阅读维系着超脱，而超脱有利于我们的思考。读书毫无用处。正因为这个，读书才是一件大事。我们在阅读一本书，因为它毫无用处。"

阅读看似毫无作用，分享文学作品亦然。但我并不因此觉得吃亏，文艺青年总痴迷于无用之美，相比于稳定而平淡的工作，下班后的几个小时成了我一天中最享受的时光。

也许是恰好撞上了新媒体发展的大潮流，"每日好书推荐"慢慢地聚集了一些热爱阅读的粉丝，他们的鼓励与支持坚定了我持续分享好书美文的决心。后来，我开通了微信公众号，"每日好书推荐"改名"十点读书"，订阅用户急剧增长，我索性辞了职，专注做好"十点读书"。

人生中充满了不期而遇，"十点读书"是我规划之外的惊喜。

短短的几年，"十点读书"从我与太太玲子二人开始变成了有二十人团队的大家庭，并吸引了 600 万名用户的关注。

我们常常会在后台收到读者的留言，他们每晚都会准时打开手机，阅读我们所推送的文章。十点读书，如期而至。这是属于他们的美好。

去年八月，"十点读书"出版了第一本合集《疲惫生活中的英雄梦想》，得到了广大读者的支持，我们承诺下一本书将在今年春天问世。因此，这一次出书，对读者而言也是如期而至的。

　　这次入选该书的文章来自 20 位优秀的作者，这些作者一直陪伴着"十点读书"成长，用他们优美的文章滋润着这个平台。我们将部分文章录制成音频，并配上精美的插画，给大家更加美好的阅读体验。

　　赫尔曼·黑塞说过一句话："世界上任何书籍都不能带给你好运，但是它们能让你悄悄成为你自己。"

　　其实任何阅读素材都是如此，它们仿佛从未在我们身上留下痕迹，却早已深深地嵌入我们的灵魂之中。

　　我珍惜与每一位读者不期而遇的缘分，愿你我一起坚持每晚十点的阅读，坚守疲惫生活中的英雄梦想，愿所有的美好如期而至。

十点林少

2016 年 3 月 20 日于厦门

扫一扫二维码，
即可收听主播 BOBO 等为本书录制的文章，
或者在喜马拉雅 APP 中关注"十点读书"收听。

目录

Contents...

没有搏杀过的温柔就是天真

文 ▶▶ 达达令

这个世界没有对你好，
这个世界也没有欺负你，
它就是无意的。

我已经过了那个需要被别人肯定的年纪了，
我花了快二十年的时间，
终于可以掌控我自己的人生了。

by 达达令

春英这个名字是她妈起的，她妈没读过书，春英出生的时候正是早春，她家泥瓦屋前的蒲公英开得正盛，大风吹过来总是弄得竹竿上晾晒的衣服毛茸茸。

她妈看着飞荡在空中的漫天蒲公英花瓣，对孩子他爸说："这孩子就叫春英吧，春天开出的花也算是吉利的。"

春英他爸刚从地里插秧回来，没有吱声，就当是同意了。

春英在村里的小学读书，到了初中的时候就去隔壁村的中学上课，下大雨的时候一身泥巴地回家，她总是先拿冷水把自己冲上一遍，然后再打热水来洗澡，就连冬天也是一样。

有一年我放假到她家去，看见她在用冷水冲泥巴身子，入秋的季节也算是转凉了，她面不改色地把冷水往身上一盆一盆地泼。

我上去问她:"你怎么不用热水洗澡呢?这样会感冒的不是?"

春英说:"全部用热水洗完我这一身泥巴,那得费多少柴火啊?"

我不再吱声。

春英上学上得晚,初中毕业那一年她已经十七岁了,家里两个弟弟也要小学毕业升中学了。春英知道家里没有钱给她交学费了,可是她还想继续上学。

于是春英去找大伯,说了自己想上学的事。然后向大伯请求去说服其他的几个叔叔,一人凑一点儿帮她交上学费,以后一定会慢慢还上的。

结果春英她爸知道了,直接从田里回来,把春英从大伯家拖回家,给她一个耳光:"你还敢去借钱,你当这是捡树叶啊?这么简单一人凑一点儿就能凑齐了啊?你借得了第一年,那第二年呢?高中上完了那不还有大学要上,是这个意思不?"

春英她妈不敢出声,在旁边坐了一会儿,就躲到厨房做饭去了。

晚上春英她妈过来找春英,告诉她:"大伯他们一家虽然是做生意的,但是根本不会借钱给你的,他自己那三个不省心的儿子已经让他头疼了,这附近几个村里是没有人愿意嫁给他们家的儿子当媳妇的,你大伯必须攒钱建个大房子,把家里弄风光了,才有人看得上他家儿子。

"至于你几个叔叔，他们已经自身难保了，穷的穷，病的病，有时候米都得上你爷爷家讨，你说他们哪里还有钱给你上学用？"

春英不说话，她妈继续唠叨着。

"而且你也知道，你两个弟弟还小，他们还要继续上学，如果这一次你跟亲戚们借钱把人情用光了，那你两个弟弟怎么办呢？我知道我跟你爸没出息，不能给你想要的生活，可是我们真的已经尽力了……"

那一夜春英没睡，流了一枕巾的眼泪。

一个星期后，春英跟着隔壁大表姐到东莞工厂里去了。

工厂是一家制衣厂，春英的工作是把上一条流水线出来的衣服码上纽扣，每天如此。

工厂食堂的饭虽然没有多少油水，但也算是有肉有素了。春英正是长身体的时候，每顿饭吃上好多都不满足。工厂附近有小卖部，可是东西实在是贵。

春英给她妈打了个电话，说了这件事。

一个星期后，春英收到了一个包裹，是她妈让大巴的司机捎来的，春英打开一看，一大袋的红薯干，春英想起这个时候正是家里红薯收获的季节。

可能是春英她妈做得太赶了，红薯煮熟之后没有剥皮，直接就晒干了，红薯干一圈都是皱巴巴的红薯皮，毛茸茸的，吞下去嗓子眼儿也有点儿噎得慌。

在这个钢筋水泥的城市，每条路都很难走，
你不能改变过去，但你可以选择坚持走下去。

春英管不了了，直接拿起吃了十几根，终于觉得有点儿满足感了。

后来每天下班之后，春英都会早早地洗澡上床休息，宿舍的其他姑娘听着收音机的情感节目，时而大笑时而害羞，春英一个人躲在角落里，悄悄地，一根根啃着红薯干。

有时遇上隔壁的人闯进宿舍，春英突然被吓到半根红薯干就吞进去了，然后卡在嗓子眼儿，春英赶紧起床，拿起杯子咕噜咕噜地灌水，好一阵子才停下来，打了个嗝，终于吞下去了。

有时候在流水线上会遇上一些很漂亮的纽扣，五颜六色，方形菱形，还有圆形的塑料水晶，春英总是想着，这么一件带有漂亮纽扣的连衣裙，能穿上它的姑娘肯定特好看。

有一天，工厂里有个叫燕子的女工被开除了。下班的时候，燕子拿了两件流水线上刚生产出来的衣服，藏在自己穿的外套里，出工厂大门的时候，正好被巡逻的主管逮个正着。

燕子一开始镇定自若，说："反正也不止我一人干这事，大家不都习惯了吗？"

燕子巡视一周，没有人站出来为她说话，于是开始撒泼："你们一个个自己心里清楚，有谁没拿过三五件衣服，数不清的拉链、纽扣，还有针线的呢？"还是没有人吱声。

燕子被开除了。

燕子跑到主管办公室，开始哭着求情，说是家里她爸病着，等着她的钱寄回去动手术，还有弟弟妹妹要上学要吃饭，家里要没了她那日子都过不下去了……说到这儿，燕子直接就跪下来了。

主管面无表情，说："我以前说过无数次了，你们要拿要偷我没看见，那是你们的运气，但是被撞上了，那就算你倒霉了。"

燕子擦干眼泪，回宿舍开始收拾东西。

下午大家都在上班，有人大喊一声："不好了，出事了！"声音是从女工宿舍那边传来的。春英也丢下纽扣跑过去，跟着去看热闹了。

燕子吃了半瓶安眠药，还有半瓶零零散散地丢在了地上。叫了120，燕子被送去了医院。

春英跟几个姐姐去医院看燕子，燕子看见大家就开始掉眼泪。大家安慰着燕子，说已经向主管求情了，也不知道还能不能留下来。还有人说，工作丢了可以再找，不至于这么想不开啊！

燕子抽泣着说："我已经没有办法了，家里回不去了，那几亩地每年的收成就那么些，根本就不够我爸的手术费，而且我这么一个姑娘家这个年纪了还没结婚，回去也是被乡亲们说三道四。那个家我已经回不去了，要是厂里把我开除了，我这个月的钱就断了，那家里人就没法儿活了啊……"

身边的几个姐姐也开始抽泣，春英心里也跟着难过，但是始终说不出什么安慰的话来。

三年后，春英的主管找到了春英，主管准备自己出去开工厂，做外贸服装，想把春英带过去，同时也叫了其他几个女工。

　　春英有些害怕，不知道靠不靠谱，于是向宿舍的几个大姐询问，大姐们的回复是：我们在这一家工厂做了很多年，工厂效益一直不错也算稳定，还是不要随便改变了，会有风险。

　　春英夜里想了一会儿，觉得自己家里没有多大的负担，每个月定期给家里寄钱，自己这些年也不出去乱消费，攒了一些钱。

　　"要不去试试？"春英在心里问自己。"这几个月我把私房钱用来给家里继续补贴，要是新的工厂效益实在不好，那再回来好了。"

　　第二天，春英找到主管，说同意跟他一起出去。

　　主管承诺给春英加一半的工资，可是新工厂刚建起来，设备都还没有弄好，加上装修、采购和安装工具，春英干的活比以前还多。

　　新工厂的第一单是跟一家韩国公司签订的合约，因为数目比较大，所以才坚定了主管打算自己出来单干的信心。结果不顺的是，合约出了问题，韩国公司方面说对比了其他的工厂，还想再考虑一下。

　　主管急了，自己刚当上厂长，结果第一单生意就要黄掉。工厂安装设备已经把钱都花光了，要是这一笔生意没谈成，那下个月工资就根本发不出来了。

　　春英那天下午要给韩国公司送样板衣，但是主管没有告诉春英合作有些动摇的事。春英拿着一堆样板衣就过去了，挤公交车的时候为了不把衣服弄皱，春英就这么拎着十几件衣服的架子，站了一路。

走在去韩国公司的路上，天公不作美，突然电闪雷鸣，春英慌了，样板衣要是湿了那就连板型都没有了。春英脱下脚上的高跟鞋，急忙往办公室跑去。

到办公室的时候，春英狼狈至极，还好赶在大雨到来之前进了门，前台的小姑娘讶异至极。春英笑着说："要下雨了，怕把这些衣服淋着了，就从公交车站那儿冲过来了。"前台姑娘说："可你这速度也太吓人了吧？"春英开怀大笑："在老家夏天的时候晒稻谷，经常遇上暴雨来临，然后全家出动飞速收稻谷，跑着跑着就练出来了。"

韩国公司负责人在开会，春英只好一直坐在会议室外面等着。

陆陆续续有人下班了，眼看着会议室的人要走光了，春英赶紧询问，结果发现负责人今天没有过来。春英等了一下午，早已经眼冒金星。

春英刚想离开，后来听会议室有人说，晚上还要开一个会，负责人会过来。

前台姑娘让春英先去吃饭，可是春英不敢走，因为她不知道负责人什么时候会到公司来。春英一直坐着，晚上九点的时候，负责人终于来了，春英欢喜地跑上前去自我介绍，结果负责人说：

"我只是正好过来拿东西的，今天没有人要开会啊！"

春英再一次觉得被骗了，她已经饿得两眼昏花，可是一想到空手而归，那下个月发不出工资的话，自己也跟着没饭吃了。

春英鼓起勇气拦下了负责人，祈求给她一点儿时间，把样板衣展示一遍。

春英把衣服一件件摊开，然后给负责人解说衣服上的一些细节。因为春英以前的那家工厂也有很多这样的样板衣，但是春英知道其中的几道工序都是以前那家工厂没有的，而现在这家工厂愿意投入这部分成本去完善一些细节。

展示完样板衣时，已经快午夜十二点了。春英仔细收拾完衣服，走出了办公室。春英抬头仰望满天星星的夜空，这是她在这座城市里第一次这么安静地看天空。以前上班的日子每天累得半死，回到宿舍就直接洗漱睡觉了，根本就没有看过大城市的夜空。

远处还有一些写字楼灯火通明，忙忙碌碌的人影，穿着笔挺的职业装，好像在会议室里讨论些什么。

春英想着，要是我将来也能到这样的地方上班，那该有多好！

那天晚上，是春英长大以来第一次打车。回工厂宿舍的路上，春英坐在后座上，迎着窗外的夜风，第一次感觉到这个城市的开阔，虽没有家里的虫鸣蛙叫，却是车水马龙，别有一番景象。

第二天上班，厂长告诉春英，第一单生意谈成了，韩国公司那边答应合作了，而且金额跟以前一样保持不变。

厂长很是高兴，于是开始让春英负责一些跟大客户的谈判沟通工作。

或许是初生牛犊不怕虎，或许是年轻气盛，春英从之前的小心翼翼求人合作，慢慢变得盛气凌人。每次去跟客户谈判，春英都会踩着十厘米的"恨天高"，带着几个小弟在后面，好一个"黑社会"的大场面。

春英把这一年的合作客户都放到台面上震慑对方，告诉眼前这个客户需要提前支付几成定金，而且钱到位了才开始下单生产。

春英告诉厂长：因为工厂的生产力是有限的，所以我们要开始挑客户了，尽量挑那些有口碑守信用的客户，尽量达成长期合作，另外尽量每一年都提高价钱，这样在生产力固定的前提下才能提高工厂效益。

厂长越来越信任春英了。

有一次，春英去谈判，客户中有女性问了一句："你身上这件衣服也是你们工厂生产的吗？"春英说不是。

那次回去后，春英开始从样板衣里挑出适合自己的衣服，然后穿上去见客户，果然这一招很是有效，比起冷冰冰的样板衣挂在那里，春英穿在身上就显得灵活生动多了。

春英觉得自己太胖了，穿上样板衣要是能更好看就好了。可是春英太忙了，别说休息了，连正常吃个饭的时间都难得，加上每次工作量大的时候春英就会暴饮暴食，所以身材一直都是比较臃肿的。

春英买了一大堆减肥药，开始一样样地试吃。刚开始那几天拉肚子实在是厉害，而且每天渴得要命，连吃饭都没了什么胃口。减肥药还是有效的，春英慢慢瘦下来了。

转眼五年过去了，家里两个弟弟都读大学了，春英她妈开始操心春英的婚事了。电话里她妈说："要不你回家里来吧，给你介绍个隔壁村的合适对象。"春英说："我不想回去，我想在大城市留下来。"春英她妈一阵讶异："你一个打工妹也想留在城里，谁会娶你呢？"

春英这个时候从来不会辩驳。

春英终于谈了一个男朋友，天阳是个大学刚毕业的上班族，经济条件不错，还是个喜欢浪漫的文艺男，每个月会带春英去广东周边的城市游玩。

春英很是苦恼："我每天工作都很累，也很少有时间出去玩，虽然老板现在很信任我，可是我还是要像其他员工一样早出晚归不是吗？"天阳边吃饭边说了一句："那要不你自己当老板好咯？"

说者无意，听者有心。

一个月后，春英找到老板，说自己想出去开服装店，依旧在工厂里下单拿货，就是需要老板借一笔钱给她。

老板答应了。钱到手的时候，春英跟老板说："你知道吗？这是我人生中第二次向别人借钱，也是唯一成功的一次。"

春英把服装店开在了广州，先是在大学城附近开了第一家。因为跟大学里的小姑娘年纪差不多，加上嘴甜，春英的店吸引了一大帮姑娘前来。

春英每个月回东莞批货一次，每次也都会找原来的老板喝茶聊天。有时候遇上一些和影视剧里的明星同款的服装，春英也会第一时间告知老板，让他马上出样板开始加工。而老板给她的批发价基本上也是最低的了。

工作继续忙碌，春英还是会暴饮暴食，没办法，她只能继续吃减肥药来维持身材。天阳很是担心，念叨着让她不要再吃了。春英说："没办法，我得自己穿上店里的衣服，穿起来好看了，顾客才会到我这里来买东西。"天阳没有办法，也就不再劝说。

服装店的回头客越来越多了，春英把向老板借的钱还上了。

有一天春英正在店里整理一批新进的衣服，突然觉得肚子开始抽搐，然后越来越疼。就在最后感觉自己要昏过去的时候，春英拨通了 120。

春英流产了。

这几个月没有来例假，春英却完全没有意识到这一点。

天阳赶过来了，本来想安慰春英来着，医生过来告知说："你吃的减肥药太多了，身体已经被搞坏了，而且你以后也不一定能要孩子了。"

那一刻，晴天霹雳，春英还没反应过来，男友天阳把拿来的瘦肉粥直接就"哗啦"扔到了地上。天阳走了，留下一句："我早就劝过你了，你这是自作自受！"然后推门扬长而去。

春英不知道自己哭了多久，只知道病房门口人来人往，以前工厂的同事送来的饭菜早就冷了。

半个月后，春英出院了，她回到自己开的服装店里。之前临时找了一个兼职的小姑娘给自己看店，结果这段时间下来，发现营业额都还不错，也就是说，春英不在服装店的日子里，生意也照常维持下去了。

春英领养了一只猫回来。那天经过天桥，有人在那儿摆着一个箱子，就剩这最后一只了，因为耳朵有点儿残疾，所以没有人愿意领养。

春英把小猫接回来，洗了澡，还去超市买了牛奶回来。喂了小猫，春英一个人在沙发上看电视。那天正是周五，一大堆的综艺搞笑节目，春英很久都没有这么笑过了。

春英又开了几家服装店，然后开始招聘店长跟员工。她觉得自己要学一些管理知识了，可是毕竟能力有限，加上现在现金流动越来越大，春英觉得需要一个管账的人了。

一个月后，春英租了写字楼的一间办公室，招了一个财务、一个商务经理、一个文员，还有六个店长，以及一些兼职的员工。

　　对春英而言，她觉得爱情、亲情，她的
家乡父老，她的童年美好回忆，都伴随着这
些时光，远远地离开了她。

嗯，春英开始成了真正的老板。

这一次，距离那个她第一次去跟韩国公司谈判的日子，那个夜里十二点手上拎着高跟鞋，在路边等着打车的夜晚，已经过去整整九年。

春英此刻坐在自己办公室的转椅上，然后想起二十岁那一年，第一次看着远处灯火通明的写字楼，心里念着：总有一天我也要成为那样的写字楼里的员工。她没有成为写字楼里的员工，而是直接成了老板。

春英依旧一个人住，只是换了更大的房子，每天下班迎接她的只有小猫。春英切着菜听着电视里的声音，然后向小猫唠叨着："你说我们今天吃什么呀？你看我今天穿得好不好看？对了，我这个周末想去海边一趟，你觉得如何呢……"

小猫慵懒地躺在沙发上，高兴的时候就"喵"地回应一声；懒的时候就摇着尾巴，耷拉着眼睛，睡眼朦胧的样子。

小猫终于有名字了，就叫元芳。虽然是只母猫，可是春英每天不停地唠叨着问："元芳啊元芳，你怎么看你怎么看……"

春英的大弟弟结婚了，春英开了个SUV回老家。农村的喜酒总是要喝上三天三夜，春英还去隔壁村里请了戏班子给弟弟的婚事助兴。

热闹之中，春英总觉得不对劲，招呼亲戚朋友的时候大家总是很热情；可是转身之后，春英总能感觉大伙对她指指点点。

春英她妈把春英拉到角落，说："孩子你都这个年纪了，你弟弟都结婚了，你还没成家，而且……你之前流产的事情，有其他去你们厂里打工的人回来传开了，大家都在说因为你生不出孩子所以没有男人会娶你了……你说现在我都不敢让你回来了，我们家里也没小伙子敢来提亲……"

母亲开始哽咽。春英去厨房缓了一口气，继续出去迎接宾客。

第二天春英就收拾东西离开家了。她妈说要包个红包给她，春英说："不要了，这些年我给家里的钱也够多了，我没想过要家里补偿什么，只要你跟爸还有两个弟弟把日子过好就行。"

春英她妈看着远去的汽车，抹了一把眼泪。春英看着后视镜里母亲渐渐模糊的身影，千万层棉花堵在嗓子眼儿里，竟没有半点儿哭泣声。

春英打开音响，广播里传来歌声：我终于失去了你，在拥挤的人群中；我终于失去了你，当我的人生第一次感到光荣……

李宗盛的沙哑音色里，唱的是对爱情的歌颂，而对春英而言，她觉得爱情、亲情，她的家乡父老，她的童年美好回忆，都伴随着这些时光，远远地离开了她。

或者说，是她自己不想再拥有这一切，她选择失去了这一切。

去年我去拜访春英，她正在办公室里拆刚到手的新手机包装，因为不是很会用，她喊了一声，有个女孩就进来了，然后开始教她怎么使用系统，怎么下载 APP。

春英一边看着一边唠叨："这些高科技的玩意儿太先进了，我不爱用，但是为了跟上年轻人的节奏，我还是得学着适应才行……"

女孩给我倒了水，一副毕恭毕敬的样子，看得出来是刚刚毕业的孩子。

春英说公司里已经有五十多人了，本来想着换一个更大的办公室，但是因为大部分员工都是销售经常出去跑，也不需要坐班占空间，只是年底开年会的时候需要换个更大的场地。

我问春英："元芳怎么样了？"

春英眯着眼一脸笑意："她越来越懒了，都已经吃成个大胖子了，肉嘟嘟的一团。"

我仔细看才发现春英穿了一身白色的衣服，一件简单的亚麻上衣套在她身上，竟然也松松垮垮的。

春英说："我早就不吃减肥药了，或许是年纪大了，想胖也胖不起来了，于是身子板就这么瘦垮垮的了。"

忘了说了，春英也开始谈恋爱了，男友是个广州人，是春英以前的客户，两人交往也有两年的时间了。

春英说他喜欢游山玩水，跟以前那个男友天阳一样，也是个文艺青年，或者说是文艺中年。只不过这个男友也有自己的事业，每个月会定期回广州打理一下工作上的事，剩下的时间就是所谓的出去看世界了。

我问："那你俩这么一来，还怎么谈恋爱呢？"春英说："我已经过了那种时时刻刻要人陪的年纪了，再说了如果我要出去跟他一起游玩的话，也是可以说走就走的。"

这一刻我想起春英说的，当年还是前男友天阳劝她当老板，然后可以随时跟他一起去游玩了。

一眼万年，沧海桑田。

我问春英接下来的打算。春英说："我开始调理自己的身体，前段时间去体检了，医生说我还是可以怀孕的。我打算这次等男友回来就跟他结婚，然后继续过这样的小日子。"

春英继续说："我之前的事情已经全部跟他说过了，他的建议也是，如果可以，就要一个我们自己的孩子，如果没有也没关系，或者是丁克或者是领养，我们都能接受。"

我啧啧点头。

"我已经过了那个需要被别人肯定的年纪了，我花了快二十年的时间，终于可以掌控我自己的人生了。"

我问："那你还责怪你的父母吗？"

春英说："以前觉得很无力，因为家里的无力，因为自己的无力，可是一想到这是命，我觉得我没有办法去抱怨些什么，那我就自己想办法活下去就好。"

这一次，我发现春英身上的戾气少了很多，我一开始觉得这是她沐浴在爱情中的原因，可是春英却跟我说了一件小事。

　　学着做自己，坦然面对生活。我说过，
再没有谁会让我流泪了。

"前些天一个小女生过来面试，到了最后我问她性格上的弱点是什么。小女生回答说：'我觉得自己的优点也是缺点，就是我太女汉子了，所以我可以扛下生活中所有的不顺；但也因为这样，身边很多人都觉得我太蛮横，动不动就要喊口号，一点儿也不温柔。'"

春英是这么回应这个小女生的："比起那些一直在温室里的姑娘，你算是很勇敢的女孩。做女汉子没有错，至少你可以先用自己的本事养活自己，同时也会因为你足够强大，所以能逃离生活中的那些可能存在的危险。但是我的建议是，在你熟悉的环境里，你可以试着让自己温柔下来，平和一些。"

小女生问："你的意思是，我需要一颗女汉子的心，但是最好能有一副温柔可人的举止？"

春英点头："这是最合适职场的方式，也是最好的生活处事方式。"

女生再问："那么那些一开始就很温柔的女生，她们岂不是本来就很聪明了？"

春英回答了一句："没有搏杀过的温柔就是天真。"

听完这一番话，我终于明白春英为什么可以温柔了。经历过万水千山、百转千回、物是人非之后，她还是当年那个单纯朴实的姑娘，她没有被生活打败，她只是学会了驾驭生活。

临走的时候，春英给了我一张名片。我笑着问："你以前不老说自己名字土吗，那你给自己弄个英文名不就行了吗？"

春英说："我本来也想来着，但是这些年下来我也习惯了。记得我第一次跟这个男朋友介绍我名字的时候，他说了一句，春天的蒲公英，春天的种子，这是多好的希望啊！"

春英还说："每当我遇到挫折的时候，他也总会安慰我，不要怕，春英春英，你才是春天里的英雄呀！"

我知道，这一次春英终于选对人了，一个拥有如此强大内心而又温柔可人的女人，又有谁能不爱呢？

春英把我送到门口，突然想起了什么，说："我上个月换了一辆宝马，店里还送了我一辆自行车，据说也要好几千元的，质量也很好，你就拿去用吧！"

我说："这个太贵了，我不能要，而且你开车久了，偶尔骑个自行车去兜兜风也是不错的嘛！""你忘了吗？我从小到大，什么时候有条件学过自行车了？我根本不会骑好吗！"

春英接着大笑："你知道吗？以前我觉得自己竟然连最普通的自行车都不会骑，那得是此生多大的遗憾啊！可是我现在连小汽车都换了好几辆了，也没觉得自己的生活就有多优越，生活本来就是这样平淡前行的不是吗？"

我坐电梯离开了。

发呆的时候我想起一句：这个世界没有对你好，这个世界也没有欺负你，它就是无意的。

野百合也有春天

文 ▶▶ 芝麻

你可以选择看起来和别人不同的方向，
但只要不停滞，向前走，都有可能出彩。

十二说：
当你的能力不可取代的时候，
你的弱点才能被别人忽视。

by 芝麻

小猪是我的朋友，他天生木讷，说话结巴，小气又多情，人缘儿一般，运气奇差，还有个致命弱点——情商低。

他在微信群里，就是讨人嫌。群里玩红包接龙游戏，老规矩，抢到红包金额最大的接着发下一轮。红包满天飞，大家都热火朝天，手机屏上几乎看得到急切、充血的眼神。

轮到他老人家这儿，卡壳了。

"首富，快发！"上一轮的包主在催促。

"谁的手气最佳？接上接上！"

"别磨叽，时间就是金钱，红包就是效率！"

群里一片讨伐声。

他磨磨叽叽，半天没反应，末了憋出一句话：零钱不够，发不了啦！

马上有人生导师挺身而出：我来教你绑定银行卡，包教包会，免费。

大家等啊等啊，盯着手机屏等他学成回来。

他"唰"地发出一百个红包，总额一块，每人一分钱。

群情激愤。

"你知不知道抢个红包的成本是三分钱？"

"What？等十分钟等到一分钱，电费、流量都不够呀！"

"戳破屏幕才得一分钱，这不是我想要的人生……"

"再发一分钱的就踢出去了！"

好不容易，有个群友打出"一分也是爱"的表情包，平息众怒。

每个人抢到的红包都是一分，接龙也玩不下去了，大家在屏幕前慢慢散去，群里安静下来。

看，他就是这么一个不会来事儿的人。

这么孤寒的人，容易单身。

的确，他追女生，一点儿也不高明。

我给他介绍个对象，安排相亲，约见面时间。他叽叽歪歪："周六下午？周六下午我要陪我妈逛街。"

女方气得说不出话，还没见面你就开演"老婆和老妈掉到水里先救谁"的戏码，还要大牌了，爱见不见。黄了。

好不容易去参加了个"八分钟相亲"，主持人告诉大家抓紧时间，问自己最关心的问题。

他开口就问人家："你是处女吗？"

女生愤而起身拂袖而去，嘴里面甩出一句："流氓！"

他一脸无辜——不是让我问最关心的问题吗？

段子传出来，相亲这招也不好使了。相亲也讲究个用户体验嘛！

他还是著名的冷场高手和事儿婆。

微信群里免不了有人拉个票，今天选萌娃明天卖腊肉，大家碍着脸熟，也帮忙投上一票，再和拉票的报个到邀个赏，宾主言欢氛围友好。

他啪啪发出一段话：凡让我投票还不发红包的亲，我会进去投你最强大的竞争对手一票，让你的拉票变得意义非凡。不谢。

隔着屏幕，我都感到投票的和拉票的脸都绿了。"人艰不拆"，谁还没个亲朋好友需要人气赞助的时候？抱团取暖嘛！

"拉票侠"甩出一个答谢红包，大家一顿好抢，没人感谢小猪给大家争取到的福利。

他抢到之后又开始做恶人："你这算什么，贿选吗？这样的投票还有什么意义？"

群内有人说："小猪，乖，别闹啦，你这么说话会没朋友的。"

他不得要领，不谢人家给出台阶，反而"哈哈哈"大笑三声："我才不在乎呢！"

群内停滞三秒，好端端一件欢乐的事情，变得无趣无语，群主恨不得把他踢出群。

情商低的人就是这样，哪怕你准备了足够的好人卡，他也有本事让你不爽到面瘫。

但小猪有个独门绝技，能喝酒。

他倒不是酒量大，而是没人肯应酬他的时候，他独自开瓶红酒，看书或者刷手机，边喝边琢磨，咂吧每个酒分子的味道，逐步训练出敏感的口腔和舌尖。

在发现产自欧洲、澳大利亚、南美洲等不同地方，五年、十年、十五年不同年份的红酒的细微差别之后，他对品酒上了瘾。

反正也没什么社交活动，他参加了品酒培训班，成为一个业余品酒师。

最开始这并没有什么用，他还是在 IT 公司当码农，继续做他的理工科"屌丝男"。

直到有一天，他赶上一场同学聚会，安排在"高大上"的红酒庄。

普通人的舌头判断酒的好坏，无非是好喝和不好喝。当着主人的面，被逼问酒味道怎么样，当然是说"好喝"。

他这种情商不高的人当然不会拐弯，直爆槽点。

"这支年份的酒应该不是产自法国，因为法国气候凉爽温和，年均温度十五摄氏度以下，只有在很热的年份才可能酿出果味浓郁、酒体雄壮的葡萄酒来，但法国只有 2003、2014 这两年气温偏高。"

"喝的时候不要一饮而尽，先嗅再吞，酒在舌头上打两个滚儿，再全部咽下，口感会好不少。"

"这次品酒会的出场顺序有问题，应该是新在先、陈在后，淡在先、浓在后，不然会影响感官的敏感度。"

酒庄主人本来要应酬其他人，却站在他身边不走了。各路高人济济一堂，能喝酒的人很多，会品酒的却稀缺啊！

他华丽转身，成为酒庄的驻场品酒师，国内进口红酒商合伙人，负责采购前的品酒、甄别和筛选，惬意自在、乐在其中，每天的工作就是喝喝喝。

现在，他成了优雅风骚的品酒师。买酒卖酒做酒的人都眼巴巴地等着他的舌尖。自媒体等他上稿，电台期待他发声，电视台请他当嘉宾。

他把帽衫换成了西装和领结，牛仔裤换成了窄脚西裤，球鞋变成了尖头皮鞋。

他独自喝闷酒"喝成品酒师"的故事，成了潜心修炼、耐得住寂寞、专业敬业的励志版本。

他这个不善社交的人，成了社交界的红人。

当然，他不善言辞的德行还是一如既往。但这会儿，别人对他的态度就从嫌弃他不入流变成了欣赏他的特立独行。

　　成功的路有很多条，你并不一定要
面面俱到，样样精通，全身短板的人也
总有某种不可替代的特技。

所以，关于小猪的舆论导向变了。

他不再是笨猪、蠢猪、死猪头，他变成了一个特立独行的小猪。

他再发出一百个红包（一块钱），下面挥舞的小手变成了黑压压的"一分也是爱"。一分钱红包已成为他标志性的 logo。

他不用去相亲了，群里那个最难哄最傲娇的潜水美女，成了他女朋友。他再问对方几个奇葩问题，就变成了未经世事的呆萌。他再说要陪老妈逛街，变成了互联网时代唯亲情不变的金不换孝顺儿子。

他说个什么闲话，都有人点"赞"，说他有个性、率真，勇敢做自己，后面是小心翼翼地问："大师大师，你能帮忙弄几瓶帕图斯吗？"帕图斯是懂酒人的身份象征，号称"千万富翁藏的酒""亿万富翁喝的酒"，年产不过两千瓶，甩拉菲几个太平洋。

"大师大师，我们头儿要去欧洲玩耍，能帮忙安排个酒庄考察吗？要是能去赵薇家的酒庄，就更有面子啦！"

他曾经被群嘲的短板，变成可理解可宽容甚至被追捧。

我们周围，有很多小猪吧？

一个被全世界黑到不好意思承认的处女座人士，突然在时代广场看到一条广告：处女座优先。因为严苛的完美主义强迫症，能让他们更自律地控制风险。

一个胸小腿短腰粗的小个子女生，因为没人爱被人甩郁闷生病，转而跑步自制多巴胺，不小心跑了几次马拉松，成为跑界女神。

一个深陷情绪沼泽、纠结不能自拔的"神经病"，因为内心的戏过多，只好自找出口，研究各种心理机能，成为通透的精神领袖。

一个调皮捣蛋、不务正业的学生被老师骂得狗血淋头，但因为会打鼓吹笛子，被乐队捧为大神，从此找到自信。

或者，你也是和小猪一样的人。最开始受短板限制，虽然努力奋斗但不得要领；后来才逐步辨别和认可自己的长处，开始淋漓尽致地展现，一白遮百丑。

你原来以为只有高学历、好背景、能"拼爹"、遇贵人、颜值高、长腿大胸才能有机会，但后来也慢慢领悟，成功的路有很多条，你并不一定要面面俱到，样样精通，处处妥帖，天衣无缝。全身短板的人也总有某种不可替代的特技。

你也许体重超标还是个"吃货"，并不想上天入地拯救地球，每天的理想就是吃饱穿暖。但你可以再接再厉，吃出肉骨头中骨髓缝隙的那一点儿味道，并把它表达出来，成为美食达人。大众点评也要探你的口风。

也许你长大了依然有多动症，爱玩没正经，是月光族，把钱都花在路上。你就做个背包客，家里待不下就去加利福尼亚。你的游记和生活方式没准儿变成别人出行和生活的范本，循规蹈矩的人，还羡慕你跨越他跨不过的门槛，替他活成不可能的版本。

你的经历，没准儿变成文字登上"十点读书"的头条，阅读量超过 100 万。

十二说：当你的能力不可取代的时候，你的弱点才能被别人忽视。

在看脸刷脸的娱乐界，高冷的王菲、不凑热闹的李健、超丰满的韩红都"收割"了大票忠粉。电眼男神梁朝伟自爆自卑，人气偶像谢霆锋说上台就紧张，"哎哟不错哦"的周杰伦经常咬字不准。

在流通、表达和传播相对自由的时代，阿里说让天下没有难做的生意，腾讯说让天下没有被埋没的才华。

先天"高富帅"很棒，后天"矮矬穷"也别担心。你可以选择看起来和别人不同的方向，但只要不停滞，向前走，都有可能出彩。只要你做牙签的时候，能做出不可替代的牙签；做筷子的时候，能做出性价比最高的筷子。

就像这个小猪，他不过有了喝酒这个高能特技，几经辗转，变成了风头上的猪。

这世上，
从来没有一无所获的付出

文 ▶▶ 老妖

唯一值得安慰的是，
这个世界上，
根本没有一无所获的付出。

十几二十岁的时候，
所担心的无非是，
害怕付出了满腔的热血和期待，
却没有收获预料之中的结果。

by 老妖

有同学给我发邮件，诉说自己的各种困惑。大意也是在老家的事业单位里无所事事，不喜欢，却又不知道该喜欢什么。我回复，如果不甘心，就去学自己喜欢的东西，等待机会找到适合的工作。

对方却满是忐忑和不安：可是学了就一定能找到工作吗？我喜欢英语，想做翻译，可是自己没有一点儿经验，就算把英语学得再好怎么可能会有人要我呢？我不是怕辛苦不愿意去学，而是我很害怕，英语专业毕业的那么多，自己学了之后，也许根本就没有用！

可是亲爱的啊，这个世界上，又有几个人，能够保证，自己现在所做的任何决定，付出的任何努力，就一定能够得到未来想要的结果，就一定是自己理想中"有用"的呢？

我有个朋友，S小姐，从小就喜欢动漫，在常年看动漫和日剧的熏陶下，能够听得懂大半的日语日常对话，大三的时候，她突然下定决心要学日语，当时我们都吓了一跳，在正常人眼中，为了更方便看动漫和日剧而学习日语，这个理由也未免过于牵强和不着调，更何况，在字幕组更新如此及时的现在。

她去报了日语学习班，本来喜欢赖床上抱着电脑刷新番（日本最近出的动画）的她，一周三节课，一次也没缺过，清早起床，去寝室楼下背日语单词，光是五十音，就来来回回念了一个月。

我们起初都以为她只是一时兴起，却没有想到，她一直坚持到了大学毕业。毕业前，她去考了一次日语二级，没有考上。她也没有从事任何和日语有关的工作，回了老家，在家人的安排下，去了一家报社。

在朋友圈里看她的更新状态，每天跑新闻写稿子忙得不亦乐乎，我以为她早已淡忘了日语，跟她打趣：你看看你，若是大学那两年没有抽风去学日语，把时间用在正经地方，现在说不定在读研究生或者已经有相处得很好的男朋友了。

没有料到，她却回答："我一直都在学日语啊，毕业之后也没有间断过。"

我不禁好奇："可是，你明明那么忙，还要学语言，不累吗？而且，有什么用呢？"

她回："其实我没想太多，最开始，确实是因为想要追新番，

　　当我们走过大大小小的路口，看过形形色色的人，经历过世事无常后，我们才会懂得，所有的付出终会得到回报。

可是学到后来，真的对这门语言感兴趣，就一直坚持了下来，倒是没觉得有多累。至于有没有用，现在还没有想好。"

S 小姐住在三线小城市，大概一整年，都不会见到一个日本人，当地也没有日企，花这么大力气学日语，做什么呢？大概也只是还没有找到合适的男朋友，所以解闷吧，不管怎么说，学点儿东西总比打麻将好。

我一直以为，在家是乖乖女的 S 小姐，会在 25 岁之前结婚，却没有想到，年底跟她联系，她却告诉我，已经申请了日本的大学，打算出国留学。

我震惊："你居然自学到了可以申请学校的地步？"

她笑："也不算完全自学，一直上课，只是需要平时多花点工夫。"

我还是震惊："你哪儿来的钱？"

她还是笑："我跟爸妈预支了我的嫁妆，工作两年自己也没有什么花费，都攒下来了，应该够了。"

我没有再问她，为什么一定要去日本，这个姑娘，从我认识她开始，熟悉每一季的新番，喜欢看日本文学，只是我惊讶，一个姑娘，居然可以花五年的时间，不声不响，朝着自己的目标坚定地前行。

我去 S 小姐家给她送行，看到她房间里堆得满满的日文单词书、语法书，原版的日文小说，还有一张又一张的试卷和稿纸，写满了她的笔迹。S在屋里收拾行李，眉眼间，是安定感。

这期间，有多少人劝阻过她呢？自诩为她的好朋友的我，不也是告诉她，学日语没什么用吗？

她不知道自己需要用多久才能看得懂念得出那一个个陌生的单词，也不知道自己什么时候才能通过考试，拿到日本大学的申请，更不会知道一心想要她嫁人的爸妈会不会同意把她的嫁妆钱拿出来供她留学。

也许，她也同样不知道，自己到了日本后会有怎样的际遇，会不会顺利找到工作，能不能因此赚到更多的钱。

我还有个高中同学Y小姐，从高中的时候开始喜欢同班的W同学，追求了他整整四年。高中的时候每天早上给他买包子和豆浆，记得他要一个酸菜的两个豆沙的，豆浆不加糖；大学的时候不在一个城市，她拼命做家教发传单只为了攒钱买火车票去看他，天冷了她给他买羽绒被，天热了给他买冰枕；甚至在他20岁生日的那天，她送给他整整一罐子的千纸鹤，每一张打开都是她记得的，有关她喜欢他的每一天……他很感动，但还是拒绝了她。

我问W同学为什么，这么多年Y小姐对他的心思，除了他无动于衷，几乎感动了周围所有人，更何况Y小姐甜美可人，人见人爱。W同学的声音满是困惑："我也不知道，我只知道我对她没有动心的感觉。"

整整四年的付出，只换来一句"没有动心的感觉"。他对她始终冷淡，经常不接她的电话，不回短信，她送他那么多礼物，他几乎都没有拆开过，就连去找他，他也满是生疏和客气，而最残忍的是，他一直单身，并未有交往的对象。

我们都替 Y 小姐感到不值，从 16 岁到 20 岁，她为一个人付出了太多太多，几乎失去了自己，却仍旧是竹篮打水一场空。

Y 小姐大学期间一直单身，W 也是。后来，他们去了同一个城市工作，我们都以为这次总算是修得正果，可是再次得知，他们依旧是没有在一起。

Y 小姐在我面前喝得大醉，她依旧爱他，而他刚刚选择了一个看起来既没有她漂亮也没有她能干的姑娘在一起。

我问 Y 小姐："是不是后悔了？"

她却摇了摇头："对我而言，他是我一直不断向前的动力，因为喜欢他，总担心自己不够美不够好，所以拼命努力了这么多年，才修炼成今天这副走在大街上有回头率在办公室里也能独当一面的样子，我等了他很多年，却也终于明白，感情的事勉强不了，不喜欢就是不喜欢，以后，我不再等他了。"

她又笑起来："就凭我，也不怕没有人追求。"

这一次，我知道，她的笑，是真心的。

十几二十岁的时候，人总会格外迷茫，想要做某件事，不敢去尝试，喜欢某个人，也不敢去追，所担心的无非是，害怕付出了满腔的热血和期待，却没有收获预料之中的结果。

我今年年初跳了一次槽，在别人眼中，我做得很不错，只花了一年时间就能够跳到业内前列的公司，可是我却整个人都陷入了无边无际的恐慌和焦虑当中。之前积累的，在新的公司，大都没有什么用处，而我在接触新的工作内容的时候，却发现自己，知道的太少，了解的太少。

　　原本以为自己至少有点儿成绩，可是事实却给了我无情的打击，原来我仍旧是个新人。我迷茫，暴躁，整天情绪不佳，却又不知道该如何是好。

　　有前辈劝我说，知道自己不足，就花时间多学一点儿啊，慢慢来就好。

　　我却迟迟没有行动，因为心里头想的是，别人都在大步狂奔朝前跑，我现在回头去学习行业基础知识，有用吗？

　　而迟疑的结果就是，在跳槽后的前几个月，我压根儿都做不出任何东西。

　　过了好些时间，我才渐渐意识到，所谓的认为没有用，认为付出没有回报，都不过是急功近利的表现。期待着某天上天突然赐我天赋异禀就足以担当大任，却不愿意脚踏实地去学习去积累，因为觉得那太耗费时间，而最糟糕的是，有可能学了很多，也依然什么都不会。

　　可是，我们本来就无法预料，自己此时做的事情，能够对未来的方向和路途有多大帮助。我们也根本无从判断，在达到自己想要的目的之前，到底哪些努力是必需的，而哪些只是无用功。

　　说到底，我们都不过是普通人，没有足够的睿智去替自己挑一条没有曲折的康庄大道走，只能在不断地尝试不断地试错中然后回头重新开始，换得一点点的进步。

　　唯一值得安慰的是，这个世界上，根本没有一无所获的付出。我终于不再抱怨，开始看一本又一本的专业书，了解行业背景，多跟前辈请教和交流，我不会一日之间成为业内大神，可是，这种踏实的成长，却让我分外安心。

　　不要在意自己的付出什么时候会收到回报，你只要确定，这件事是你想做的，那就足够了，至于什么时候能够真正修得正果，与其整日焦灼不安，不如顺其自然，多思考，多行动，总比无意义的迟疑和观望要好。

　　毕竟，我们所能拥有的，多不过付出的一切。

远方的女儿

文 ▶▶ 杨熹文

我一刻不敢停地努力着，
就是怕这个美滋滋的老太太，
有一天会没有了炫耀的东西，
在人群中沮丧地低下头。

我想，
如果妈妈爱看，
那我就一辈子写给她看。

by 杨熹文

我说不出那种感受。

我五旬的妈，为了迎合与我五个钟头的时差，掐着点儿在她那边凌晨四点起床，小心翼翼地在微信上和我讲话，试探着："孩子，你要是有时间就给妈妈打个电话，妈妈可以晚一会儿去上班；要是没有时间也没关系，你继续忙你的，不用管我。"她也在深夜看到不知哪个网友的激烈留言而睡不着觉，第二天心事重重地叮嘱我："孩子啊，要是网上大家有说啥不好的，千万别往心里去啊！不管你做什么，都有人会不满意！"

我大概能够想象到，妈每天的生活，就是看遍我微博上的所有留言，查遍淘宝的新书销量，再对着我的文字读上一遍又一遍，认真全面得像是个经纪人。有一次她打电话给我，还没来得及寒暄，就把一口东北话说得慌张急促："快看看微博上的读者，在淘宝订了书，都好几天了也没给人家发个货，赶快查一下怎么回事，别让人家白等。"她又在我度假的时候对着我连不上网的微信催促着："快回来更新吧，大家都等着急了。"她甚至每个周末去加班只为那很少的加班费，转头却对我这个唯一的孩子任性地说："孩子，妈妈想继续攒点儿钱，给你在机场旁边买个小单间，你回来的时候不用折腾太远，能安心写作。"

妈把我的书放在了床头，夹进了包里，送给了七大姑八大姨，甚至放进了公司科长的办公室。我说："妈，咱别丢人。"妈说："有啥丢人的，写得好，写得好！！"

妈这个分不清"海子"和"顾城"，总是把"季羡林"说成"寂寞林"，半辈子都泡在柴米油盐里的妇女，就这样突然对文字产生了极大的兴趣。她像个高考前幡然醒悟的后进生，一头扎进数不清的习题册里，对着自己不懂的公式，一遍遍地推导着，很难弄清答案却也毫无怨言。我心里明白，这份迟来的努力，大抵是因为文字成了连接着她和远方的女儿唯一的一件事。

我从小就向往远方，爸妈每一次激烈的争吵后，我心里的这份愿望都会再加深一点儿。长大后妈每每说起"在家不是挺好的吗？干吗要去那么远的地方"，我都会非常狡猾地说："还不是因为你们总是吵架，我才要跑得远远的。"我不喜欢妈冲着喝醉了的爸歇斯底里地喊，不想听妈在十点钟就催我上床睡觉，不想让妈一遍遍唠叨我每天要吃三种水果五种蔬菜，也不想让她在距秋天

　　我心里明白，这份迟来的努力，大抵是因为文字，成了连接着她和远方的女儿，唯一的一件事。

还很遥远的时候就不停地叮嘱我穿上秋裤。

　　我和妈之间总是有一条太宽的沟壑，那里填着我对她的嫌弃、她对我的不理解，以及那曾经发生过的冷战和"热"战，我一直用力地长大似乎只是为了离开她。有一天我终于长大，拍拍翅膀，头也不回地飞走了，身处近一万公里以外的异国他乡，我还是对妈心存埋怨。我不懂，为什么我那五十几岁的洋人房东每个周末都能和二十岁的女儿在一起喝个酩酊大醉，教育理念里总有一种"人生得意须尽欢……"的架势，而我的妈妈，隔三岔五就要在电话里和我唠叨："少喝酒，多吃饭，吃水果、蔬菜，喝牛奶、酸奶，记得穿秋裤。唉，我要是能在那儿给你做饭洗衣服就好了……"

　　就凭这一直执意和妈拉开距离的态度，我就实在不是个孝顺的女儿。出国这么久，每次给爸妈带东西回去，都是因为有朋友回国前热心地问上我一句："有没有需要我给你爸妈带回去的东西？"我这才心虚地说："有，有……明天就给你！"于是花一个晚上的时间在超市里，把什么有用的没用的都塞进购物车，草草包装成一个包裹，第二天放进朋友的行李箱。唯一真心给妈寄东西的那一次，是因为那年的樱桃又大又红，我打包一盒两千克装的大樱桃。我告诉妈之后，她就一直盼着盼着，收到后照了无数张角度不同的照片给我看，还说："这么大，真好，从来没见过！"我问她："吃了吗？"妈心满意足地说："吃了，每天晚上吃两个！"后来才知道，妈把这两千克的樱桃分成了四份，把三份送去不同的人家，又从自己的那一小份里带走一部分给单位的同事尝一尝。愚蠢的我忽然明白，她是在向别人证明，你们看，我这远方的女儿，一直在惦记着我，一点儿没有比那些隔三岔五就回家的姑娘差！

我出国后第一次回家，翻箱倒柜的时候看到之前托朋友给爸妈带的零食和保健品，大部分都没有拆开包装，规规矩矩地放在柜子里。我责问妈妈："怎么不吃？！"妈像个局促的小孩子："哎……等着你回来一起吃……"她神情紧张，让我想起了小时候的自己，那个馋嘴的小孩子把所有零食都攒下来，一心一意地盼到过年时，才在鞭炮响起的那一刻把零食全部拆开吃掉。我是一直在等一个重大的节日，想必妈也是一样。

我吃进一枚西梅，就像为了安慰她。她也吃进一枚，嘴巴机械地嚼着，眼睛却满足地盯着我。我笑她如同花痴一般，却在心里暗暗流泪，大概这一刻无论吃下什么都是团圆的滋味吧！妈转过身，把两三份零食包装纸留下，小心地折好，重新放进柜子里。我不知道她在接下来的日子要怔怔地盯着那包装纸多少次。那些沾满英文字母的包装纸像是在提醒她，孩子回来过，孩子就要回来了，这两件事成全了她所有的欢天喜地。

我有时隔着电话和妈说："妈，每次写完一篇文章，就像是蜕了一层皮。"

妈说："我懂我懂，人家不都说嘛，写作特别辛苦，耗费脑力

　　我想，即使我跑得再远，母亲永远都是牵
引我的那根线，每当我感到寒冷、孤独，她就
是我唯一的温暖。

和体力。"

她一辈子没有和文字打过什么交道，哪里懂得我的感受？

她不懂为什么有话不能好好说非得写得隐晦，不懂外国作家不只是伏案写作更多的是喝酒抽烟，不懂三毛向往自由踏破孤独的决心和勇气，不懂说着那句"面朝大海，春暖花开"的人对人间再无半点儿留恋。

她懂得，我熬到凌晨三点，饥肠辘辘、崩溃时的大哭，孤独时的无助，还有那些一个人要度过的寒冷和炎热。她懂得，我笨拙的手艺做不出一盘家乡的酸菜粉。她懂得，我脆弱的性格一定在远行的路上受了很多苦。她懂得，远方的女儿，没有妈妈待在身边。

人类真是奇怪的动物，越爱一个人越觉得她不够坚强、不够聪明、不够幸运，好像总会受伤，总会受人欺负，不管去哪里活起来都非常艰难。我每次打电话给妈，还来不及问她好不好，她就总是急急忙忙地问我："你好吗？那里冷吗？那里热吗？你吃饭了没有？都吃了什么？最近有没有感冒？心情好不好？"她从来不把自己的生活挤进我们的聊天里，仿佛东北那片大地上，夏天不会热，冬天不会冷，妈从不会感冒，也总是心情很好。

我记得小时候和妈一起去买菜，我第一次看见豆角觉得特别奇怪，就伸出手一根一根地挑。卖菜的大婶一脸不高兴："这咋还带挑的呢？！哎，这小孩儿，别碰！"我缩回手，一脸委屈，把眼泪紧紧地含着。那时还瘦弱、含蓄的妈，突然间炸开了一般喊：
"怎么的，买个菜也不让挑啊，你怎么还说孩子呢?！"妈带着我
愤愤地离开，一路还不忘扯着脖子和卖菜的大婶对骂。那个景象
我记了那么多年，以至于我一直都有着这样的幻想，妈一辈子都
会保护我，她会在我任何受委屈的时刻毫不犹豫地赶来。

　　可是，妈渐渐地看不懂听不懂也赶不来我的世界了，而一转
眼就到了我要保护妈妈的年龄。很遗憾我还是没有找到填平我们
之间那条沟壑的办法，但是我已经开始去认真地理解成长的这份
责任。我会把所有光鲜的一面拍成照片给她看，如果能发给她在
餐厅吃的烤鱼和红酒，就不让她知道我图省事扒拉一下冷饭。如
果能让她看到我在外面旅行的照片，我就尽量不让她知道我为了
这次旅行没日没夜工作的辛苦。每每到了晚上十点，我都要在微
信上和她说"晚安妈妈，我爱你"，然后放下手机，继续写毫无头
绪的一百篇稿子。

　　我从来都不知道妈如何用她"不太灵光"的中年人脑袋去应
对快速的互联网，我只知道不管我什么时间发了文章，她都会第
一时间转发、点"赞"、打赏，用她所有的方式去告诉我：远方的
女儿，妈妈一直在支持你。

　　我常喜欢和人讲这样的笑话，重复了一遍又一遍，还是觉得
乐此不疲。最开始卖书的时候，我看到有人在网上一口气订了三
本，顿时觉得信心大增，后来和妈妈聊天时她却说起："嘿嘿，宝

贝，我那天在网店订了三本书！"有一天在微博上发表文章，看到有人给我打赏了，九块九，正得意忘形的时候，妈妈在微信上告诉我："宝贝女儿写得真好，我给你打赏嘞！"

我常想，一个人的生命里能有多少部作品？这些作品又是为了什么？是为了生活为了梦想还是为了别的什么？我总是把梦想摆在第一位，一副牺牲了什么都不怕的姿态。可是从此以后，我的梦想中多了另一层意义。我一刻不敢停地努力着，就是怕这个美滋滋的老太太，有一天会没有了炫耀的东西，在人群中沮丧地低下头。我想，如果妈妈爱看，那我就一辈子写给她看。

妈一辈子低调，害怕出糗，连在人群中讲话都总是词不达意，而如今她大大方方地把我的每一篇文章转发，带着炫耀的气势，坚持写上："我女儿写的！"

我这个远方的女儿，看着那几个字，呜呜咽咽地哭了起来。

关于爱的话题

文 ▶▶ 鬼脚七

爱从来不需要条件，
有条件的爱都不是爱，
那是交易。

爱就是没有我。

by 鬼脚七

晚上加班到十二点，我在朋友圈里发了一个状态：

爱我想爱的人

做我想做的事

如此，安好

本来准备睡觉了，但一会儿就有一百多个赞，还有四十多个回复。有一个回复是：

七哥，我爱上一个不珍惜我的人，我该怎么办？

于是，我想写一篇文章，写一篇关于爱的话题，关于我理解的爱。

让我定义什么是爱，我真不知道，我相信很多人和我一样。几乎每个人都知道什么是爱，但不知道如何表达。有意思吧，每个人都体会过，就是无法表达。就像老子说："道可道，非常道。"

怎么说都不对。

爱，是美好的。说到爱，我们就想到爱情，爱情是关于爱的故事。婚姻不是，婚姻不是爱的故事，也不是爱情的故事，婚姻完全是社会的产物，跟爱情无关。哦，不，婚姻是爱情的坟墓，说的是对的。因为爱，是自由，爱情是自由的故事，婚姻不是自由，而是限制自由。你知道，我不是在反对婚姻，我只是在描述事情。婚姻和所有的制度一样，都是一种束缚。束缚不一定是坏事，当你能看见束缚，束缚就不再存在。

爱情也是美好的，无论最后结果如何，都是美好的，因为爱是美好的。失恋难道不好吗？你现在回顾你最初的失恋，那是多么甜蜜的悲伤。年纪越大，越无法经历那种失恋的悲伤。失恋，不是爱的停止，只是爱情故事的情节。那时候的悲伤，就是爱，否则不会甜蜜。失恋了，分手了，你不是一样还爱着她吗？你关心她的签名档，你关心她的朋友圈，你关心她身体还好不好，你关心她过得好不好。就算你失落，但你再想起她，内心还是满满的、暖暖的，有点儿甜。因为，就算分手了，爱还在。

有人说："不，失恋不美好，我恨他！他欺骗了我，他喜欢上了别人！"

你为什么会恨他？不是因为他欺骗了你，而是因为你爱他。如果你不爱一个人，你不会恨他。就像马路上有人不喜欢你，你不会恨他一样。恨，就是爱的表达。就像你的小孩非常淘气很不听话成绩不好，你狠狠地打他一顿，你当时恨他，也是因为你爱他！你有多恨，就有多爱！

爱是温暖的，恨是火热的，它们都有温度。没有温度，就是冰冷的，那种是最残酷的。冷漠就是一种冰冷，蔑视也是一种冰冷，这都没有爱。你对小孩不闻不问，那是冰冷；你对工作不管不顾，那是冰冷。如果你对社会都是冰冷的，说明你缺少爱。

看了一篇一念行者的文章，对恨解说得很好。恨，是因为你有需要，当需要不能被满足，就产生了恨。其实，只要产生了"需要"，爱就已经不圆满，需要会阻断爱。于是，所有的恋情，几乎都是一个模式：开始是无条件地爱，愿意为对方做任何事情，从不祈求任何东西，后来开始要求，开始计较，开始觉得不公平，这些都是需要，这时候爱已经被掩盖。

我的师弟，很有女人缘儿，遇到一位美女，对他喜欢得不得了。师弟说："我很花心的，经常有多个女朋友，我跟韦小宝似的。"

美女说："没事，我就做双儿。"

师弟那个开心，于是二人真谈恋爱了。

有一天，师弟愁眉苦脸地跟我喝酒，说是吵架了。我问原因，师弟说："就是因为我在朋友圈发了一张林志玲的照片，她跟我大吵，说你怎么还能喜欢其他女人呢！她以前是双儿，现在是阿珂！"

　　爱是自己发生的，就像自然界的风一样。不用去寻找，你的寻找，反而会阻碍你去感觉它的存在。

有人说："我生活在社会上，当然会有需要。"

你有没有认真思考过这个问题：你真的有需要吗？这个需要是真实的吗？你除了需要空气，需要睡觉，需要吃饭，其他的需要都不是真实的。你需要的名誉、金钱、虚荣、认可、尊重，这些外在的事物都不是必需的。刚出生的婴儿，他不需要；人老去的时候，也不需要。你觉得自己需要，只是你被教育成这样，然后你就以为真的需要，而且需要更多，永远没有止境。当你"看见"了，你会知道自己原来不需要。

接着来说爱。

又是我师弟，那个招女人喜爱的师弟。

有一天一个喜欢他的单身女同事跟他讲："我喜欢上你了，哎呀，单身真好，想喜欢谁就喜欢谁！"

师弟说："不好意思啊，我不会喜欢你的，都是同事，太熟了不好下手。"

他同事说："我喜欢你就行了，你喜不喜欢我都没关系。"

多美的对话！

我爱你，与你无关。当我不需要你，我的爱与你无关。哦，不，我只是需要有你，因为我爱你。看懂了吗？看不懂再看一遍。

爱是如何发生的？爱是自己发生的，就像自然界的风一样。不用去寻找，你的寻找，反而会阻碍你去感觉它的存在。当爱发生了，不用别人告诉你，你立刻能体会到。如果用一句话来形容：

爱就是没有我。有人爱上工作，他会忘我地工作，因为这时候只有工作；有人会爱上情人，他会愿意为她付出一切，因为这一刻一切都不是他的。这时候，没有我，只有爱。只有爱，就是一，一就是爱。你可以理解成，当你能成为一，那么你就充满爱。就像我专心写文章时，我爱上写文章，我忘记了牙疼，忘记了口渴，忘记了空调的声音，忘记了工作上的烦心事，我专注成"一"，那种感觉和爱我的爱人一样，忘记了自己。看不懂，没关系，你记住"爱就是一"就好，有一天你会明白的。

　　爱上一个不珍惜自己的人怎么办？这个问题好像不需要回答了。爱从来不需要条件，有条件的爱都不是爱，那是交易。

　　最后看一段我和我们家豆豆的对话。

　　豆豆，怕不怕爸爸把你卖掉？

　　不怕。爸爸不会把我卖掉的。

　　为什么啊？

　　因为爸爸爱我。

　　什么是爱？

　　爱就是对我好。

孩子，
你有两个父亲

文 ▶▶ 风筝子

他很想告诉孩子们，
他们有幸有两个父亲，
一个父亲带着伟岸的深情，
一个父亲带着忏悔，回来了。

这是他的孩子，

而他从来没有抱过他。

现在，他们终于彻底地与他不再相干了。

by 风茑子

2005 年 9 月 12 日，钟训一生无法忘记的日子。他等在产房外，焦灼而喜悦。不一会儿护士抱了襁褓出来："是唐氏儿！"他不懂："什么是唐氏儿？"护士冷漠地回答："智力有问题。"

钟训头顶滚过闷雷。

不一会儿妻子宁颜被推出来了。钟训鼓起勇气小声问："你知道了吗？"她的眼泪哗地一泄而下。钟训硬着头皮说："咱不要了吧？"

那一刻，他觉得宁颜也是有些犹豫的。可过了一会儿洗干净了的宝宝被抱过来，护士让他尝试着吮吸宁颜的乳头。孩子用小嘴嘬住的那一刻，她忽然眼泪巴巴地看着钟训，目光里是一个母亲的哀求。钟训一狠心别过脸去："别让他吃了，冲奶粉吧。"

他们是生活在很小的城镇的一对夫妻。他们生活得非常卑微而且挣扎。他们处理问题的方式，可能会让人觉得匪夷所思。

　　宁颜的乳汁生生被胀了回去。钟训强势地指挥着一切，生怕孩子跟他们有过多关联，因为时刻准备着把他送走。宁颜却越来越舍不得："孩子挺好的。"她自欺欺人："一点儿都看不出来。"或者打感情牌："你给起名字吧……"钟训越来越烦躁，他讨厌女人的感情用事。

　　宁颜还没出院，全家老少包括她的父母和姐姐都拿出了一致意见——送走孩子。宁颜不肯。她变得有些神经质，每睡半个小时就醒来看着孩子，哭。越到后来，她变得越执拗。大家原本都有点儿不忍，见这架势，纷纷扬言："我们不多嘴了，你们自己决定。"

　　钟训上网搜了唐氏儿的例子，看到那些一致的大扁脸、塌鼻子、眼神呆滞的模样，他开始跟宁颜吵。宁颜的身体在逐渐恢复，也有了力气吵架："你不要，我自己养！"

　　钟训只好这样，暂时迁就。他等着有一天宁颜醒悟。孩子现在小，和同龄宝宝区别并不大，他想迟早有一天宁颜会崩溃。

　　但事实是，孩子的情况越来越糟，宁颜的母性却越来越泛滥，其涨势之迅猛彻底击溃了所有不美好的现实。

　　孩子随宁颜姓，起名"宁聪"，这在钟训看来异常可笑。

　　这时在北京打工的老乡说那边有机会赚钱，钟训逃跑似的奔赴北京。

　　一天宁颜打电话，说北京有个地方能提高唐氏儿智力。简直是无稽之谈。但她要试，钟训只能答应让她过来。

他们住在一个城中村里，这里最不缺的就是看上去热情实则八卦的中年妇女。如果不想成为别人饭桌上的谈资笑料，就必须时刻保持警惕。之前钟训生活得小心翼翼，现在他却不得不忍受异样的目光。而宁颜对他的敏感毫无察觉，她总是主动把伤口袒露在那些终日如同绿蝇一样的女人面前，毫不自卑。

钟训感到压抑。

更重要的是，挣钱很艰难。他非常不情愿把血汗钱扔在这个不可能给他带来希望的学校。

同事的孩子，欢天喜地给孩子办周岁酒宴，买各种漂亮玩具。而钟训和宁颜每天吵，如果有一天没有吵架，他都要感谢上天给了他舒坦的一个晚上。

钱用得差不多了，宁颜只好回去。钟训送他们。已经一岁多的孩子，不会笑，也很少哭。火车站，钟训拧着脖子对宁颜说："你看，我早就说会是这样！"但是他心底并没有胜利的喜悦。

宁颜说："这不是我一个人的责任。"钟训勃然大怒："你肯听我半句，这个家也不会被你毁成现在这样！"宁颜号叫："要不就离婚算了！"

好吧，钟训认为已经为她和这个孩子付出太多，他的人生不允许为任何人牺牲。

他们顺利办了离婚手续。出于愧疚，钟训什么家产都没要，

　　天下的每一位母亲都是平凡的，却又是独一无二的，用她们柔弱的身躯为我们撑起一片天。

孩子跟宁颜。然后他迫不及待地回北京，心里是有些怨恨的。如果她能理智一些，事情不会像今天这样。

而宁颜的怨恨更深。

为了避免再相互指责，钟训除了寄抚养费，绝不跟她有半点儿联系。

2010 年春天，钟训找了新女友，隐瞒了前妻和弱智儿子的事情。

生活就要翻开新篇章了。虽然有那么多不如意，良心也被什么东西硌得很疼，但是人还是要向前看不是吗？

钟训经常跟同事在一起喝酒，喝着喝着就哭了。

一天跟中学同学吃饭，一人忽然说："宁颜跟老俊在一起你知道不？"

钟训大吃一惊。

老俊是钟训读中专时的室友，最铁的哥们儿。彼时宁颜青春貌美，他和老俊一起追求。但老俊比钟训木讷半截，这场爱情角逐钟训最后胜出。老俊为此非常生气，两个男人为此绝交。

此刻，钟训很想打个电话给宁颜，又不知如何询问，似乎无论怎么开口，都是自取其辱。

又过了两年，钟训和女友分手。并不是没有感情，而是感情总是没有根基。

钟训的时间像是跳跃的。所有的记忆点，都如同蜻蜓点水，落在钟训回老家经过前妻的门前。

2012 年，钟训和朋友合伙成立了一个家装公司。公司很小，租来一间民房当办公室。但不管怎么说，终于也能在名片上印上"总经理"的头衔，算是到了扬眉吐气的一天。第一年赚了一点儿钱，钟训给宁颜的卡上多打了些钱。

几天后，他接到宁颜询问的电话。

"我赚了点儿钱，也没有成家……钱给你们花，是应该的。"他鼓起勇气说。

宁颜迟疑了一下："我又结婚了……老公你认识。"

"哦？"钟训佯装不知。

"是老俊。"她声音不大，却充满愉快。钟训想装成大惊失色的样子，却再也装不出来。片刻的沉默后，他问："你的手机能拍照吗？"

不一会儿，宁聪的照片发了过来。钟训号啕大哭。真的很像他。这些年来，自己都做了些什么啊？

钟训立刻要去看他们。宁颜提出要和丈夫商量。很快她回了消息，说丈夫同意。她真的已经不再恨他了，因为她一定是真的很幸福。

钟训给聪聪买了两套衣服，按宁颜短信上的地址找来。宁颜和老俊站在楼下，老俊牵着聪聪，一家三口等他。

钟训努力克制着自己的窘迫，跟他们问好。"这些年很忙，我

　　家是即使在寒冷中也能感受到温暖的地方，家是夕阳下的依偎，是风雨中的搀扶。

几乎都没有回老家。"他的解释很苍白，他们没吱声。然后大家一起上楼。聪聪忽然冲老俊张开双手，老俊自然而然地抱起他，上楼。宁颜跟在后面唠叨："没带腿啊，天天都不自己走。"聪聪没有什么表情，趴在老俊肩上冷漠地看着钟训。钟训的心和四肢一起颤抖，这是他的孩子，而他从来没有抱过他。现在，他们终于彻底地与他不再相干了。

前妻的家很小，宁颜说她把先前的房子卖了，为了给孩子治病。现在的房子是租来的，家里有些乱，到处是玩具、涂鸦。"其实聪聪和同类病例相比算好的，"宁颜从老俊怀里接过聪聪，"叫叔叔。"聪聪怯生生地叫了。钟训难受得说不出话来。宁颜大约看出来，她赶紧解释："不想让孩子知道那么多，所以……他只有一个爸爸。"

钟训点点头。他没有资格较真。

然后大家都无话可说。老俊到厨房去做饭，宁颜坐在钟训边上，也很尴尬。钟训只好主动搭讪："你胖了。"她羞涩地笑笑："四个半月了。"

钟训这才注意到她的小腹已经隆起。聪聪知道他们在说什么，他凑过来，贴在妈妈肚子上，然后忽然冲钟训笑了一下。

钟训的心像暮钟一样发出钝响。

他压抑自己平静再平静。他看着这个小小的温馨的家：窗帘图案是宁颜喜欢的红色格子，桌摆是宁颜最喜欢的在海边的那张相片，阳台上养着她最喜欢的栀子花；杯子、拖鞋、围裙，都成双成对，分浅蓝和粉红，上面写着"老公""老婆"。像年轻时的同居生活，有柴米油盐的浸润，有对未来生活的憧憬，有甜美而蓬勃的爱情。

钟训再也不能自持，落荒而逃。

外面下起了小雨。钟训没有打伞，一个人默默地走了很远的路。他想起当年自己对宁颜的海誓山盟。他发誓永远和她在一起，爱她、保护她，和她共同承担人生的风雨。可是他根本什么都做不到。这么多年了，他带给宁颜的伤害连自己都无法启齿。这一刻他才明白，其实这些年里他没有一刻不在痛苦之中。

钟训开始常常去看聪聪，坦然接受他叫"叔叔"。他也开始很有私心地观察老俊对聪聪是不是真心的好，结果是叫他满意的。

第二年聪聪的弟弟出世了，是个眼睛黑亮的小男孩，特别像宁颜。这个辛苦的家庭弥漫着喜悦。

钟训又找了新女友，但是这段过往终究瞒不过对方。得知他还要每月付给前妻不菲的抚养费，她果断离去。

有的人越是成长，越是现实，钟训对此毫无苛责。渐渐地，他想找人结婚的冲动也越来越弱。

2015 年的一天，钟训给聪聪打电话，聪聪吞吞吐吐地告诉钟训，爸爸妈妈要带他到北京来玩。钟训立刻让老俊接电话。老俊不好意思地说："孩子想去旅游，首都最有纪念意义嘛！"钟训马上给他们订机票，接他们一家四口在北京玩，安排好一切行程。

下属问："这么忙你还跑？你们什么关系？"钟训语塞，他和老俊亦敌亦友。这哥们儿让他看到一些纯洁的东西，其实他打心眼儿里钦佩他。

　　日子平淡无奇地流过，钟训和老俊又走近了。有一次老俊的弟弟想开一家五金铺子，钟训找关系帮他铺货，免费。

　　就在一切都复归宁静的深冬，钟训忽然接到宁颜的电话："老俊出事了！"老俊去兼职售楼，结果电梯出事故，他受了重伤。

　　钟训马不停蹄地赶回老家。一路上宁颜疯狂地打电话给他汇报情况——老俊在抢救，下达了病危通知书，老俊不行了……

　　这一切让人根本无法接受。钟训的心被车轮一遍遍碾压，撕心裂肺。到医院后，老俊已经陷入弥留状态，院方允许家属进去。

　　大家都知道，到了最后告别的时候了。这太突兀，这怎么会是结局？所有人都大哭起来，但又深刻地明白不会再有奇迹，他们悲痛欲绝地鱼贯而入。老俊看着钟训，嘴唇动了动，大家立刻将他推到前面。

　　他还有话要说，但是已经没有力气了。

　　钟训泪水横流。老俊想说话的欲望更加强烈，他焦灼地看着钟训，好像等他说什么。

　　钟训一下子明白了。

　　他扑过去对他说："我会照顾好她，照顾好你们的孩子和我们的孩子，这些年我对你的感激一直没办法报答……你放心吧。"他们的目光相互传递着某种悲壮，有感恩、信任、理解、报答和托付，有爱的厚重和苍凉。钟训看见了他的心，有一块纯净的地方，存放着他们永远没有落上尘埃的爱情。想要他能够如他一样，对得起自己爱一个人的坚定。

窗外是静谧的冬天，大雪像棉被一样覆盖着建筑。大朵大朵的雪花奔涌而来，扑打在玻璃窗上，幻化成白色的浆体。

在场的人全部泪崩。

老俊去世后，钟训帮宁颜办理后事。她告诉他，其实老俊早就知道他放不下她。那天他到家里来，盯着那双写着"老公""老婆"的拖鞋看，只有男人能读得懂男人的眼神。

老俊跟宁颜说过，钟训不是个坏人，他就是懦弱。

他希望宁颜原谅钟训，因为世界上最有力量的不是报复，而是在我们有能力报复的时候选择了宽容。

此刻，离他们生下聪聪过去了十年的时间，他们的心在这十年里遭遇了前所未有的考验。

他终于醒来。

这个大众心目中的人渣，不再是一个卑鄙的小人。

钟训泪流满面。他一只手抱着大儿子，一只手抱着小儿子，把脸埋在他们中间。他没有很高的文化，但是他很想告诉孩子们，他们有幸有两个父亲，一个父亲带着伟岸的深情，一个父亲带着忏悔，回来了。

尾行

文 ▶▶ 李荷西

不管他们会不会发生什么爱情事件，
但她惊艳过他的岁月，总会被温柔相待。

这个世界其实并没有那么多不幸。
祸兮福所倚，
在生活的万花筒里，
不幸的事情也会折射出一些幸福的光来。

by 李荷西

　　读高中的时候，我的朋友杨婷因为长相甜美总会收到男生的求爱。那是 90 年代末的县城，男孩子们的求爱方式通常就是写情书，下晚自习送女孩回家。猥琐胆小一点儿的，会选择尾行。

　　我的朋友杨婷就被一个不那么讨喜的男生尾行过。悄悄地跟在身后，却不敢打招呼，只听到脚步声踢踏踢踏地近上来；或者骑着自行车在她身后摇摇晃晃地打转，按几声没有意义的车铃；甚或有一次直接上来拉手，眼睛里被初爱的痛苦填满，嘴里诉求的是她能明白他跟着她的良苦用心。

　　之后，杨婷的妈妈就每天晚上在学校门口接她回家，怕她再被蠢蠢欲动的男孩子骚扰到。偶尔有顶风作案的男生，被发现或者有嫌疑，都被杨婷妈妈拦住骂得腿都打了摆子。

　　我在场的那一次，抓到的是一个给杨婷递情书的男生。杨婷妈妈借着路灯把情书的内容给读了出来。依稀记得，情书里有一句："你穿白色风衣真好看。"气得杨婷妈妈不由分说就剥掉了杨婷恰好穿在身上的白色风衣。那时已经是深秋季节，我眼看着杨婷只穿着单薄毛衣，在秋风中瑟瑟发抖，却不敢说一句反抗的话或者撒娇的话。

我作为一个平凡的少女，基本上没有发生过类似被尾行事件，就算是有，我那和我一样神经大条的妈妈也大概只会哈哈笑两声说："想不到我闺女这么丑也会有人惦记。"所以，我那一年很是羡慕我的朋友杨婷。一方面羡慕她有被尾行的魅力，一方面羡慕她有一个很紧张她的妈妈。

杨婷的成绩很好，是文艺标兵、英语课代表，也是老师们的心头好。她声音温柔，笑容甜美，基本就是女高中生的典范。少女的天真，在她的眼睛里就像是火，烧得眼波闪耀。而爱情，似乎只是沐浴过她的金色阳光，她从未掬一把收在手中。

直到认识了袁同学。

袁同学在学校足球队踢球。每个周五下午，都能看到他一边挥舞着球衣，一边满操场狂奔。记不清多少次了，杨婷会拉着我一起看一会儿。我完全不懂足球，前锋后卫傻傻分不清楚，全场只认得一个守门员，并且球队里也没有我心仪的男生。所以大多数时间，我都百无聊赖，只是一场青春爱情事件的旁观者。

杨婷写给袁同学的情书是我帮忙送的。因为杨婷自己不好意思，也有些害怕被拒绝。而我，虽然也没什么实战经验，但好在脸皮够厚。

送情书事件之后的一个周末，杨婷来我家一起写作业。她告诉我说，袁同学回复她了，他们约在周日下午学校的足球场见面。他会教她踢球。

"是吗？"我比她还兴奋，"我可以去吗？"没心没肺是病，得治。我几乎没意识到我是多么大一只灯泡，只想继续观察一段也许是爱情的东西的生长发育。

"这个，"杨婷犹豫了一下说，"也行。不过我妈妈也去，你不是有点儿怕我妈妈吗？"

我脑门儿像是被敲了一棒，这什么逻辑，妈妈去陪同约会？我想象着严肃的眉间带个川字的杨婷妈妈站在旁边看女儿被一个男生牵着手教踢球的画面，啊，太有违和感！

"不是吧，为什么啊？"我很无语地问。

"我妈检查我书包的时候看到信了。我也没对她撒过谎，就承认了。"

在我对杨婷妈妈有限的了解里，她应该会立刻把杨婷揍一顿，然后是几天冷暴力，再去收拾那个让女儿春心萌动的始作俑者。

杨婷的妈妈，是一名中专院校的政治老师，教书育人实属强项。偶尔我去她家的时候，她会当着我的面骂杨婷，是那种很严厉的骂。杨婷不想喝番茄蛋汤，小心翼翼地说："妈妈，我喝不下去了。"

"喝掉。"杨婷妈妈头都没抬。

然后我就看见这位男生们心目中的女神，灰溜溜地低着头，强忍着反胃，哧溜哧溜地喝汤，不敢吭一声。但这并不影响她对妈妈的依赖，并且她觉得妈妈说的一切都是对的。

她与袁同学的第一次约会后，她妈妈就把袁同学请回了家，在书房里聊了两个小时。具体说的什么，杨婷不知道。但之后，她再也没有收到过袁同学约会的邀请。

我深深地对杨婷的青春爱情事件惋惜，也深深佩服杨婷妈妈的机智。爱情的种子刚刚露出萌芽，就被残酷扼杀。

半年后，袁同学考上了大学，和杨婷偶尔写信联系。

我们也步入了高三。那一年，用和我住一个房间亲妹的话说，她睡觉前，我在书桌前坐着睡。她半夜醒来，我还在书桌前坐着睡。等她早上起床，我依然在书桌前坐着睡。耍得那么好看，也不嫌累！不过，想到那一年虽然只是表象的努力，我依然觉得那是我最投入奋斗的时光呢！

而杨婷的妈妈帮她请了学校最好的理科老师补习，每天早上送，晚上接。每天想方设法各种食疗，还弄了个大氧气罐放家里，每天让杨婷吸氧，提高大脑的活跃度。她似乎比杨婷还热血，只是无奈没办法替女儿使劲儿。而杨婷在一次不那么如意的模拟考后开始头痛。有一次在课堂上莫名其妙地呕吐。送她回家的路上，她对我说，压力很大。

我还记得我拍拍她的肩，用我妈安慰我的方式对她说："没什么大不了的。平常心，最多就是考不上了，再来一年呗。"

我确实是以这样一种心态参加高考的。当然，成绩打不了虚晃，我只考上了一所二本院校。即便如此，我妈也到处跟人宣扬我超常发挥了。汗，我似乎在我妈眼里一直就是个菜。

但杨婷却出乎所有人的意料，考得没那么理想，只能读本省的一所医科学校。听说成绩下来那天，杨婷妈妈大哭了一场。而杨婷，倒头就睡了二十个小时。

命运似乎就是喜欢这样捉弄人。越是在意的，越是失意。越是想得到的，越是难得到。

大学后，真是海阔凭鱼跃天高任鸟飞啊。我玩得忘乎所以，并且尽情显露出吃货本色。一个学期过去就胖了十斤。

我与杨婷联系并不太多。我偶尔给她打电话的时候，总觉得她很忙。

"作业太多了。"她总是这样说。

后来又解释说，她妈妈希望她能保研。就算保不上，也必须考研。所以功课非常重要，最好每年都能得奖学金。不是妈妈在乎那点儿钱，而是这是很关键的人生履历。当然，她妈妈也不允许她在没经过认可和监督的情况下谈恋爱。女孩子恋爱太危险，

　　少女的天真，在她的眼睛里就像是火，烧得眼波闪耀。而爱情，似乎只是沐浴过她的金色阳光，她从未掬一把收在手中。

最好考上研究生之后再说。

每次跟杨婷打完电话，我都很惭愧。我一边心虚于自己的人生履一片灰暗，一边继续过着我麻辣烫一样五味杂陈花样繁多的大学生活。

后来寒假里见面，杨婷偷偷告诉我说，其实她和袁同学偶尔会发 E-Mail。

"还很喜欢他吗？"我问。

"恩，喜欢。但他说他只把我当妹妹。"杨婷低头吃甜筒，"他有女朋友了。"

她似乎瘦了一些，更加有点儿古典美人的感觉了。

"那，"我小心翼翼地问，"有几个男生想约你，你能出来吗？"

以为大学就可以随心所欲追女生，心像脱缰了的野马一样的男生，希望能通过我约到杨婷。

"你给我妈打电话，说我们一起吃饭。"杨婷也小心翼翼。

于是我打了电话，杨婷妈妈问了在哪儿吃，吃什么，几点回去，还说了哪个饭店的饭菜已经被曝光了不卫生，不能去。现在外面的饭店都用地沟油，真的很不安全。婷婷爱吃甜食，但你们别点，吃甜的不好。

我唯唯诺诺地挂断了电话，长长呼出一口气。

几个男生对一起见面都很不满，全都埋怨我不会安排。但杨婷像个小公主那样，似乎并不知道自己正在被虎视眈眈，她大口吃东西，大声地笑，并说自己好久没有这样快乐。

记忆中，那是杨婷正常情况下，笑得最开心的一次了吧。

大二大三，我和杨婷联系渐少。偶尔打电话，她总是不开心。她说，和宿舍的女生关系不好，有点儿被孤立的感觉。她妈妈跑了一趟学校，帮她换了宿舍，但情况并没有太多改观。基本上每天，她都像高中时那样，早出晚归，上课自习。她尽量在宿舍里待的时间少些，期许与别人的冲突也少些。

在我看来，杨婷就是一个被保护得很好的小女孩。她和我在一起时，性格不坏，更不会疾声厉色地讲话。她被孤立，令我也感到奇怪。但我们离得太远，我只能在电话里听她发几句牢骚，然后安慰她几句，仅此而已。

大四下学期，考研成绩出来没多久，我忽然接到杨婷妈妈打给我的电话，问杨婷是不是来找我了。杨婷已经从学校消失了三天。

现在想想一切都是有预兆的。从杨婷刚开始头痛，到她不断收到的来自母亲和自己给的压力，她没处理好的宿舍关系，考研失败，几乎无从判断哪里开始断层，哪件事是压垮骆驼的最后一根稻草，总之，我知道，我的朋友杨婷，这个曾经人人喜欢的女孩，出了问题。

我开始动员我的所有高中同学找她，还联系到了已经毕业去北京工作的袁同学，杨婷竟然在他那里。

我很难想象，她是怎么找过去的。数十个小时的火车旅程，等天亮，然后转公交车，步行，问路，因为没有手机，在某大厦楼下站了几个小时，才终于等到了下班的袁同学。袁同学对她的到来感到吃惊，但很快就招待了这个老同学，并给她安排好了住宿。

袁同学在电话里告诉我说，杨婷有点儿和以前不一样了。不知道她是不是太饿了，一个人吃了三碗面，并且她在哪儿都能睡着。她说话感觉很幼稚，问她家的电话，她也不太记得了。还有，他没办法请假，问我能不能把杨婷接走。

我立刻联系了杨婷的妈妈，第二天，她便去北京接走了杨婷。后来我打电话给杨婷妈妈，她说没什么事儿，孩子任性什么的。可是一周后，我再接到杨婷妈妈的电话，听到一个母亲心碎的声音。

我记得特别清楚，她在电话里哭着说："婷婷说她怀孕了。"

我又联系了袁同学，然后几乎可以看到他在电话线的那一头愤怒暴跳，他诅咒发誓："我要是碰过她一下，我立刻就死。"

袁同学为了证明自己的清白，说安排杨婷住宿的酒店有监控，他只送她回过一次酒店，连房间门都没有进去，分分钟就可以调监控出来看。

几天后，杨婷的妈妈打电话给我说，婷婷来例假了。

我和杨婷在网上聊天，我问她为什么说自己怀孕了。她说："你不懂，这是母体对孩子的感知。"

"但是你和袁同学并没有发生过什么啊。"

"一定要发生过什么才会怀孕吗？"

"可你现在正在来例假啊。"

"反正我怀孕了。"

"……"我的手开始抖，然后在计算机房旁若无人地哭起来。

在长达几个月的就医诊断和测试后，杨婷被诊断为精神分裂幻想症。杨婷妈妈为她请了假，接她回了老家。

从那之后，我和杨婷几乎每天聊天。几乎每天她都会问我："有什么好看的电影吗？"于是我便会找一部电影推荐给她看。但她会说："哎呀，我也不知道我有没有时间看，我还得看书学习呢，我还得再考一次研究生。"

这样的对话每天重复。能好好地看一次电影，是杨婷的愿望。而看书学习是她的魔咒，是压在心底的石头，是每天一早醒来时像吃喝拉撒一样重要的事。所以，她永远没办法好好地看一次电影，也没办法心无旁骛地好好看书。

我和杨婷妈妈偶尔会打电话，杨婷每天都要吃药。药物让她食欲很好，睡眠也很好。每天除了在网上聊天，吃饭，还有刚坐在书桌前的那几分钟是醒着的，大部分时间她都在睡觉。她再也没提过袁同学，她几乎忘记了她曾经的坚持。

毕业后我回了趟老家，又见到了杨婷。我们在 M 记坐着，她的笑容非常甜蜜，她的眼睛依然有少女般的天真，周身沐浴在一

　　生命似乎就是这样捉弄人。越是
在意的，越是失意。越是想得到的，
越是难得到。

片金色的阳光里。

她吃完了自己的套餐，我问她还要吗，她非常乖巧地点点头。药物激素让她胖了 40 斤，她没办法控制自己停止将食物塞进嘴里。

除了见我，她没再见别的任何朋友。有一个心仪她很多年的男生，想继续通过我约女神，我却没办法再为他牵线搭桥。

我想保护她，我希望她在喜欢她的男生心目中依然是旧时的样子，声音温柔，笑容甜蜜，心智单纯。我希望，她只是让爱她的人心碎了一点儿，而不被不太相干的人指点评论。

但还好，药物还是有用的，一年后，杨婷完成了学业，拿到了毕业证。

记得杨婷高中时曾经跟我发过牢骚，她因为很怕她妈妈不高兴，所以从来不敢跟她提任何需求。借着这一场病的躯壳，她似乎才开始有了童年。于是，她每周都坐火车去市里的动物园；每个月都要去游乐场。因为喜欢婚纱，独自拍了很多套婚纱照；喜欢海，去了海南三次，把卧室布置成了沙滩，并且开始看一直喜欢却不敢看的动漫。

偶尔我去她家里，会看到杨婷妈妈小心翼翼地伺候着这个成年后的小孩。她再也没有对她严厉过。她非常温柔，她会问："婷婷，你今天看《哆啦 A 梦》的第几集？"

杨婷睡着后，我和杨婷妈妈聊天。她老了，眉间的川字似乎更深，但因为都是笑着和杨婷讲话，笑纹也深了些。她不再奢求杨婷能有多优秀，有一个多么璀璨的未来，多么炫目的人生，她只希望她的孩子能不再犯病，无论是生理还是心理都能恢复健康。她也不在乎她是不是胖，是不是孩子气，是不是不工作只花钱，她只希望她能拥有普通的快乐。她不会再给她任何压力。杨婷生病后，包括杨婷爸爸在内的几乎所有亲戚，都觉得是她给杨婷的压力，逼得杨婷犯了病。她也常常自责，为什么把自己希望的，强加给孩子。温柔对一个母亲来说太重要，是孩子成长过程中内心最坚定的力量，是性格塑造中最优质的元素。遗憾的是，她学会得太晚了。

那天回家，我抱住我妈胖胖的脸蹭来蹭去，她毫不犹豫一巴掌拍在我屁股上："像狗一样，滚！"

毕业后几年，因为工作的关系，我一直身在异乡为异客，在成长的坚持和妥协中不断摇摆。和恋人分手，又遇见下一个人，然后和他结了婚。

在老家办婚礼的时候，我邀请了杨婷。那时杨婷已经恢复了很多，也瘦了下来，但有后遗症，她始终不能变得合乎她年龄那样的精明和世故。但她也接收不到笑容里的恶意，她像是一个聪慧的有钝感力的恋人，对这个世界的好与坏都保持着距离。

她坚持独自来参加我的婚礼，她入座后五分钟，我在角落里发现了杨婷妈妈。她说杨婷最近被她惯得有些任性了，非要一个人来，她担心，又怕她不高兴，于是跟在她后面过来的。

数年前那个被男生尾行的少女，当下这个被母亲尾行的大小孩。祸兮福所倚，在生活的万花筒里，不幸的事情似乎也能折射出一些幸福的光来。

当年一直对她念念不忘的那个男生，隔着几个人的座位，把她爱吃的菜一次次地转到她的面前。不管他们会不会发生什么爱情事件，但她惊艳过他的岁月，总会被温柔相待。

因为活着
便是要温柔相爱

文 ▶▶ 周文慧

幼年的记忆曾有过怨恨，
不能独享父母的爱；
后来觉得幸运，
在彼此的陪伴中学会了担当。

忽然不知道该说什么好，
有一种想流泪的感觉。
母亲在一边笑吟吟地看着，
表情格外幸福。

by 周文慧

　　我今年二十四岁，大妹二十岁，弟弟十六岁，小妹十二岁，我们家四个孩子，年龄是一个以四为公差的等差数列。

　　初到北方，别人问起，你家兄妹几个。我据实以答，对方便要惊讶地问："你们那里不计划生育的呀？"

　　我只好呵呵呵了。

　　没办法解释偏远贫瘠的豫南小镇一直沿袭着多子多福的传统，更何况家族人丁稀少便要受各种欺负，也没办法解释父亲便是独子，父母早逝，一辈子都渴望家中有个兄弟姊妹能相互扶持。

　　大妹自小养在亲戚家，十多岁接回家来，我又异地求学，这些年接触很少。年幼时过年回老家，二人相见，旁边有姊姊教她冲母亲喊妈，我在旁边不明就里，但立刻就知道有一个人要来与我分享母亲的爱了，不愿意，所以狠狠瞪了她一眼。她不服气，于是两个人面对面地瞪眼，大人们便笑。她来家里，看见我漂亮的发卡，想要，我不想给，大人们便说："你是姐姐，要让着妹妹。"

我真讨厌当姐姐啊，然后我有了弟弟。

那一年我八岁。

开始并不觉得什么，好衣服、好吃的依旧是我的，因为他还没有长开，也没有牙，还没有与我分享的能力。小小的婴儿，在摇篮里咿咿呀呀的，母亲说，叫姐姐。他便含混不清地吐出几个音节，然后冲我笑了，真好看呀。他聪明，很快便会说话，三岁那年，认为自己是一只母鸡，每晚认认真真地从炕角拖来一只纸箱，自己蹲在里面，"咯咯嗒咯咯嗒，我要下蛋啦！"他说。

我们便笑倒在炕上，母亲狠狠地亲吻他的脸颊，觉得他是一个天使。

可是对我来说，他会走了，会跑了，会叫姐姐了，真是一个灾难。

放了学，我要去邻居家玩，他便歪歪扭扭地跟在后面，像个拖油瓶，"姐姐，姐姐。"他喊。我回头冲他吼："滚回去，不许跟着我。"

他委屈地掉眼泪，却还是要跟着。我甩不掉，突然冲远处一指："你看你看那是什么？"

他回头，我便呼哧一下跑远了。

他着急，一边喊着"姐姐姐姐"，小小的身影还是奋力向前追着。母亲远远地喊："你是姐姐，要带着弟弟一起玩啊！"

又是姐姐，我真讨厌当姐姐啊，然后我又有了一个妹妹。

我比她整整大一轮，十二年前，我十二岁，她出生。

妈妈生完她没多久就下地干活了，那一年是家里最艰难的一年吧。我们从遥远的东北回到家乡，还没有土地。十二年前在农村，没有土地就意味着没有饭吃。好在麦子熟了的时候，邻村有一户男人不在家，女人临盆，地里的庄稼收不了。爸爸跟她谈，她家种的，我家收，打出来的粮食一家一半。

那时候，小妹才几个月大，爸妈便开始了日夜抢收的日子。

妈妈说："你是姐姐，要照顾弟弟妹妹啊！"

这么多年过去了，每次想起来，脑海中都能依稀浮现当初的情景，小小瘦瘦的女孩，怀里抱着一个同样小小瘦瘦的婴儿，摇摇晃晃地走在乡间的小路上。

那应该是个暑假，我记得，因为我不用上学。我抱着妹妹在院子里转悠，学着妈妈唱着摇篮歌儿，她得赶紧睡觉，因为我还要把大盆里泡着的衣服洗好，要收拾好屋子，要在中午爸妈回来前做好午饭。当城里的孩子已经开始开发脑部智能的时候，我的妹妹睡了又醒，醒了又被我哄着。她有时候扯着嗓子哭来表达自己的不情愿，怎么哄都哄不好，十二岁的我看着还没做的家务，

　　　　小妹这样一天天长大了，她的体重很快超
过了我的体重。

又气又急，眼泪就唰地一下涌出了，变成号啕大哭。两个人相对哭了好久，弟弟傻站在一边。小妹嗓子哑了哭得累了便再次睡着了，我默默给她盖上被子，用手背抹去眼泪肿着眼睛继续去做事情。

小妹这样一天天长大了，她的体重很快超过了我的体重。我背着她在村子里玩，一步三摇，她总是往下滑，小肚皮都露在空气里。夏天的阴凉地，总有坐在树下的老人聊着天，他们看见我们经过，总要感叹一番，觉得可怜。

妹妹，你说，大苹果，圆又圆。

她便咿咿呀呀地跟着学，大苹果，大苹果。

渐渐地，弟弟和妹妹都长大了。我也习惯了被叫作姐姐。

夏天，我带着他们去干涸的池塘挖莲藕，弟弟学我扛着小铁锹，妹妹拎着小竹篮。池塘里满满的都是来挖莲藕的人，三个小小的身影，又没有力气，只好在别人挖过的坑里寻找漏网之鱼，脸上都是泥。傍晚拎了白白胖胖带着泥的莲藕，想到可以炒一大盘子菜，三个人便开心得不得了。

再后来，我上了高中，带小妹的任务便落在弟弟身上。

弟弟要出去和邻居的小伙伴玩，妹妹一摇一晃地跟在后面。

弟弟回头冲她吼："滚，不许跟着我！"

妹妹便大哭："我就是要跟着你，我就是要跟着你！"

我便说："弟弟呀，你是哥哥，要带着妹妹一起玩啊！"说完心里一惊，这不是当年母亲说的话吗？

弟弟不耐烦，又不敢违拗我，只是冲妹妹喊："你个拖油瓶，我烦死你了。"

我笑得扶住了墙，这样厉害的架势，他不会想到当年自己也是别人的小拖油瓶吧！

有时候有了零花钱，我拿给他们去买雪糕。妹妹吃得快，往往弟弟手里还剩一半的时候，妹妹便已开始吮吸秃了的雪糕棍儿，眼巴巴地望着弟弟。

"哥哥，你给我吃一口好不好呀？"

弟弟便得意扬扬斩钉截铁地拒绝她："不行，谁让你吃那么快！"

妹妹便继续央求："哥哥呀，我就吃一口，吃一小口好不好？"

弟弟叹了口气，犹犹豫豫递过来，嘴里还要强调："一小口啊，你说的一小口啊！"

妹妹接过来，一口便把剩下的雪糕吞得所剩无几。

弟弟直跳脚："你说的一小口的，一小口，你给我吐出来！"

过年的时候，我带妹妹去邻村参加婚礼，临走的时候，忽然看见妹妹悄悄地抓了一把糖放在口袋里。我骂她："小孩子家就这样上不了台面，丢不丢人。"妹妹低着头，委屈地说："今天哥哥没来，我想带回去给他吃。"

　　四个人，在彼此的生命中纠结缠绕，温柔相爱，才发觉此生此世，能有弟弟妹妹，真好。

登时我心里一软，再也说不出话。

再后来，我异地求学，四年，没怎么回过家。

大妹妹上了高中，弟弟在初中，小妹妹在小学，四个孩子，沿着中国的教育模式循序渐进地往上爬。电话里只听母亲讲三个人的变化，QQ上看各人的状态签名。去商场里给三个人买衣服，店员问，多大了？多高？我便迷迷糊糊没个分寸。印象里一直都是三个小小的身影，冲我叫着"姐姐，姐姐"。

直到看见十二岁的小妹，签名变成了"失去你，我连笑都有阴影"。

我一口老血差点儿喷在屏幕上，这才真真切切感觉到，真是长大了啊！

有时候杀了鸡，一只鸡两个翅，偏偏四个人都爱吃，难免"分赃不均"。从前母亲便跟我说："你是姐姐，要让给弟弟妹妹。"后来习惯了做姐姐，遇到好吃好喝的，很自然就让给了他们。

后来，很久不回一次家，终于回去，晚上聚在一起吃饭，盘子里有只鸡翅，年纪最小的妹妹看见，夹起来，毕恭毕敬地送到我碗里，说："姐姐，你吃。"弟弟也说："姐，你吃。"

忽然不知道该说什么好，有一种想流泪的感觉。母亲在一边笑吟吟地看着，表情格外幸福。

这几年身处异乡，北方的家庭里，无论男女都是独生，从小便是万千宠爱。想起遥远的家里，没有书桌，弟弟和小妹并肩趴在床上一起写作业的身影，想起大妹发来了长信，想起弟弟懂事地说："姐，我什么都不缺。"想起旧年在家，临走的那个早上，我没起来，妹妹要上学，早早地站在穿衣镜前给自己扎小辫，一边扎一边冲着镜子做着各种卖萌的表情。见我看她，回头冲我羞涩地一笑："姐，我上学去啦。"

幼年的记忆涌现翻转，曾有怨恨，不能独享父母的爱；到后来，觉得幸运，从小到大，彼此陪伴，学会了担当。

四个人，在彼此的生命中纠结缠绕，温柔相爱，才发觉此生此世，能有弟弟妹妹，真好。

有多少爱恋，
今生无处安放

文 ▶▶ 刘小甜

我们努力一生只爱一人。
于是有多少爱恋，
今生无处安放。

谈一场旷日持久的恋爱，
曲终人散，
如梦初醒，
就像苍老了一圈。

by 刘小甜

1

"各位亲朋好友、各位来宾，大家好，我叫左艾，很高兴参加韦大伟的婚礼，今天我代表大伟的大学同学发言。韦大伟是我的前男友，而今天又是他大喜的日子，也不知他记不记得，原本我们说好倘若他结婚、新娘不是我的话，我便送他一匹草泥马；可当他真结婚时，我又心疼那钱，左思右想不能赔了夫人又折兵，于是小气的心隐隐作祟，只得作罢。不过今天也的确是个欢聚一堂的好机会，我不妨给大伙儿讲讲我跟韦大伟过去的仇恨故事……"

我看着左艾写给韦大伟的那张白纸黑字的新婚致辞，不由得打了个冷战，真是"青竹蛇儿口，黄蜂尾上针，此般皆不毒，最毒妇人心"呀！我跟左艾讲："像你这种蛇蝎心肠的前女友，简直谁摊上谁倒八辈子霉。"左艾瞥了我一眼："谁叫韦大伟他爹这么多事儿，给儿子办场婚礼就像开会似的，非得让家人代表、同学代表、同事代表挨个儿上台致辞。"

大伙儿都忙，谁有空给他整这个。左艾却唯恐天下不乱地一揽子把活儿包下，写出了这样一篇致辞。

吓得我想起了他们的曾经。

曾经我们都还稚嫩的面庞。

2

韦大伟是我高中同学，左艾是我大学舍友。

自打韦大伟在校园里看到我和左艾走在一起后，便以一顿东来顺加聚宝源为代价买取了左艾的联系方式。

但他俩第一次单独吃饭，韦大伟却没有带钱包。

事情是这样的。在韦大伟处心积虑的一次"偶遇"中，终于得以约左艾到校门口的拉面馆吃晚饭，却在吧台点餐时惊出了他一身的冷汗，方才想起来临行前换了一身干净的衣服，却把钱包落在了先前的口袋里。

大伟不知所措，脸涨红颜为窘迫，从未料想这种跟女孩子吃饭不带钱包的桥段会发生在自己身上。左艾却趁机戏谑道："哈哈看在今天只是吃拉面的份儿上，我包养你咯，你可得乖乖的，拿出被包养的姿态来。"

大伟哭笑不得。

他要了一份十五元的拉面，在餐桌旁等得坐立不安，一个劲儿地对自己"动手动脚"。

左艾看着眼前的景象惊呆了，一心想回宿舍好好奚落我，这中学培养的都是什么料。

只见韦大伟将自己衣服的里三层外三层翻了个遍，终于从缝里抠出了一枚一块、一枚五毛的硬币。

"哐当"一声拍在了桌上——

"那个，拉面还没有上，先付你百分之十的定金，剩下的钱下次见面结清。今天就先不请你了，倘若他日再有机会，定带你吃大餐。"

扑哧。左艾笑得把双下巴都挤出来了。

有那么多表达喜欢的方式，给她写一封信，拍一组照，谱一支曲，作一首诗，再不济，塞她一沓人民币，再加一个苹果机，也都能将喜欢之情表达得淋漓。而韦大伟什么都不会，这呆子只会大晚上给左艾打电话说："左艾快下来，我给你捎水果了，老板说是新鲜的。"

"还有，把刘甜一块儿叫下来，水果太沉，让她帮你拎着。"

当他那大嗓门儿透过手机听筒横穿空气硬生生地震动了我的耳膜时，好心酸。

在楼下，韦大伟把一兜猕猴桃塞给我说："你拎上去吧，我跟左艾说会儿话。"

看我整张脸上写着"不乐意"，他无可奈何地说："你可以拿

爱，就像是一场盛大的邂逅，直至成伤。

几个猕猴桃吃。"

我心满意足，转身离开，只听背后悠悠传来韦大伟的声音："左艾，做我女朋友好吗？我以后还会给你捎更多好吃的水果……"

我顿时哭瞎了，不清楚自己为什么会有这么跌份儿的朋友。

吃着猕猴桃，我突然想到，这种水果太硬的时候会感觉生涩，太软的时候会感觉像发酵的，所以要把握吃的时间和火候，就像对女生告白一样。而左艾，偏偏就吃下了这样一枚恰到好处的猕猴桃。

3

他俩在一起后，朋友们吵着嚷着"介绍恋爱经过"。平时大大咧咧的左艾竟变得羞赧内敛，面颊燃烧着鲜艳的红晕，坐在大伟身旁，将眼睛弯成了月牙。

据大伟大言不惭的描述，在他"无人能抵的巨大人格魅力"和"他日再有机会请吃大餐的诱惑"下，吃货左艾义无反顾地选择和他在一起，共同迎接未来无数顿饕餮盛宴的洗礼。

什么才叫陷入一场爱恋？两人都忙得焦头烂额时，仍然忍不住相互陪伴，心安理得地消磨无所事事的时光。而我也突然秒懂人世间有一种痛，叫作不管他们如何顾及，你都会觉得自己多余。

他们真的一起吃遍了偌大的北京城——从鳞次栉比的时尚摩登大厦，到皇城根下质朴古老的胡同；从流光溢彩能揩得一手油的簋街龙虾，到优雅静谧充斥着萨克斯曲的英式下午茶；从鲜而不膻的炭烧铜锅涮羊肉，到皮焦肉嫩色味俱佳的巫山豆豉烤全鱼；从四川沁人心脾的麻到湖南灼眼滚烫的辣；从西北令人垂涎三尺的大盘鸡到西南齿颊留香的菠萝饭；从成府路方圆十里各个学校的食堂，到自己园子里角角落落的每一个窗口。

吃完饭，两人往往一个向左走去泡图书馆，一个向右走去泡实验室。

有时大伟实验室里需要监测数据忙不可开交的时候，左艾便会拿着两盒方便面去陪他，然后满脸幽怨地说："大伟，我不想吃泡面了，我想吃泡馍。"

这时大伟便盯着她的眼睛缓缓地凑到她的嘴唇跟前说："左艾，我不想泡实验室了，我想泡你。"

而当大伟清闲下来的茶余饭后，左艾就会轻轻靠在大伟肩膀上满腹心事地讲："大伟，你说，你想不想活到九十九岁？"大伟说："想，当然想。"

"那你把我送到图书馆，再回实验室好不好？"

"为什么？"

"因为饭后走一走，可活九十九呀！"

而左艾也有把自己忙得晕头转向的时候。

当我还在被窝里和梦境缠绵时，她会大清晨起床挤着早班公交车，一手攥着扶手一手攥着煎饼爬上一个个立交桥钻过一个个门洞子；当我坐在宿舍桌边看着各种搞笑综艺节目时，她会屏蔽诱惑为小伙伴的创业公司抓耳挠腮憋出一篇公关稿或策划案；她会逃课去往自己心爱作者的新书发布会，捧着一本签名新书沾沾自喜扬扬得意；她会跟着项目团队满世界乱跑签合同做宣讲累得口干舌燥筋疲力尽。

她给大伟发短信说："大伟，我觉得自己已经丧心病狂了。在大马路上走着看到一个人拿着一把雨伞，第一眼看上去我竟然以为他攥着一把烤串。"

大伟在手机那一端笑得喘不上气。他说："乖，回来我请你吃烤串。"可当大伟一走出教学楼门，就看到左艾坐在马路牙子上可怜巴巴地望着自己。

大伟说："咦，亲爱的，你不是去实习了吗？"

左艾说："坐在这里的是左艾的灵魂，左艾的灵魂饿了想回来找你吃饭，而左艾的肉身仍然在实习单位爱岗敬业鞠躬尽瘁尽忠职守。"

大伟说："噢，原来你是左艾的灵魂呀，那再见吧，我可是只爱左艾肉身的呢！"

左艾说："滚。"

噢，忘了介绍了——韦大伟是个学霸理工男。

大伟从小就对曼妙的世界充满着好奇。幼时的他曾捧着"班级最大进步奖"的奖状去给爷爷拜年，信誓旦旦地对爷爷说："爷爷，将来我要考牛津大学！"

爷爷抚摩着大伟的小脑袋，满含笑意地说，"呵呵大孙子，你还是考牛皮大学吧！"

而大伟就带着理工男的浪漫，把实验里奇奇怪怪的产物带给左艾。

有时候是荧光粒。大伟说："白天你把这些颗粒放在太阳底下，它吸收够了热量晚上就可以发光啦，就像我的人格，在黑暗中熠熠生辉。"

有时候是护手霜。大伟说："你就权当闻一闻香味就好，不要真的抹在手上，毕竟大伟一出手，保障够呛有，哈哈。"

有时候是荷尔蒙。大伟说："荷尔蒙激素也是化学产物，是高度分化的内分泌细胞合成并直接分泌入血的化学信息物质。这个东西，你要也得要，不要也得要。"

相信你也看出来了——左艾是个学渣网络写手。

左艾从小就对神奇的稿费单充满着热忱。幼时的她曾经捧着《我的妈妈》的全班优秀作文向爸爸去讨赏，踌躇满志地对爸爸说："爸爸，我写的《我的爸爸》会更好！"

爸爸摸着左艾的小脑袋，忍俊不禁地说："呵呵好孩子，你妈妈呢，做饭没？"

而左艾就带着文艺女的情调，把心头奇奇怪怪的念头写给

寂寞永远不是虚心的理由，
布满整颗心的回忆才是。

大伟。

她对大伟说："如果以后我们分手了，我就将咱们两个人的爱恨情仇，不，恨情仇，不，恨仇，写成故事，把你实名制塑造成一个人渣，永世找不到女朋友。"

大伟扑哧笑了，一把搂住左艾狠狠地亲了一口说："跟你分手的人不一定是人渣，却一定是傻瓜。"

她对大伟说："如果将来有一天你结婚了，而新娘不是我，我在婚礼现场送你一匹草泥马。说实话，草泥马还挺贵的，真的。"

大伟又扑哧笑了，照旧一把搂住左艾狠狠地亲了一口说："左艾，如果有一天我结婚了，而新娘不是你，我就把名字倒过来读。"

左艾心里乐滋滋的。她甚至都没有发现韦大伟倒过来读，读音还是韦大伟。

4

所以有的时候，你并不是故意成为傻瓜的。而是在被注定的事情捉弄得团团转，像一只不断在追着自己尾巴咬的小狗。

毕业季，大伟留校直博，左艾出国留学。

左艾说："大伟，对不起，我不想把自己的未来就这样绑定了，如果现在不出去看看，我怕自己会后悔的。年轻的时候，梦想不应该为爱情让路，对吗？"

大伟说:"放屁!爱情从来不是梦想的门槛,你就是没那么喜欢我了,滚吧!"

大伟不轻易爆粗口的,语罢,突然安静下来,片刻,轻轻拽住了左艾的手,塞给她一串石头记的蓝色月牙项链。"这是给你的礼物,一定要注意安全。"

在机场分别,大伟看着头顶上呼啸而过的飞机,突然放声大喊"左艾你真的走了呀……你就别回来啦……滚得越远越好……"头顶飞机划过,在天空留下一道线,表示对他的喊话"嗤之以鼻"。我被他的嗓门儿吓了一跳,本能地装作路人转身离开,时隔两秒良心发现,在周围人怪异的眼神中堵上他的嘴。

结果手上蹭了一把鼻涕一把泪。

难过得我也想爆粗口。

我开始看到大伟愈来愈多的成果。大伟得过很多奖项,参加的学术论坛一个两个三个四个连成线,发表的学术文章一篇两篇三篇四篇连成片。他曾一个人埋在书山文献成堆的自习室里通宵达旦,为了赶一次组会撕开了一袋又一袋咖啡;也曾心情郁结在网吧与伙伴熬夜到天明,看清晨五六点的阳光沿着成府路照射着校园。当他站在高楼顶上望着人来人往车水马龙时,他说,好希望抱一抱左艾。

他想对左艾说,我需要你的时候你在哪里?

我开始看到左艾愈来愈多的文章。左艾走过很多地方,跨过高山和大海，也穿过人山人海，看尽了天南海北的风光，听遍了虐心狗血的故事和楚楚动人的情节。从在国土的北国风光千里冰封万里雪飘中瑟瑟发抖却心满意足地舔着马迭尔冰棍儿，到在大陆的彩云之南春光乍泄料峭细风中喜逐颜开并精心细致地扎起七彩小辫儿；从在土耳其冉冉升起的热气球上俯视崇山峻岭沟壑纵横，到在斐济岛悠悠潜入大海深处触摸五光十色的珊瑚鱼儿。当她站在高山之巅望着江河滚滚北向东南时，她说，好希望大伟就在身边。

她想对大伟说，我想念你的时候你在哪里？

于是，两个人的空间出现了缝隙。大伟的世界在显微镜下，左艾的世界在放大镜前。

于是，两个人的时间出现了时差。当大伟的世界月光皎洁，左艾的世界阳光在普照。

大伟曾经是个夜猫子。

自从他们分手了，每日都见他在健身房挥汗如雨，令我等好吃懒做的目击者极为汗颜，亲眼看他日复一日把屁股练得比脸蛋儿还漂亮。

自从他们分手后，他的作息也迥然间规律起来，再也不跟我们乌合之众沆瀣一气同流合污狼狈为奸地在小地摊上吃烤串，再也没有在朋友圈里看到他任何的深夜行踪。大伟跟我讲，人老了，不能熬夜了，每每等不到宿舍熄灯就躺在床上准备睡了。

他还跟我讲晚睡的诸多坏处：容易内分泌失调黑眼圈加重，

容易皮肤暗淡长出皱纹，容易精神不振身心疲劳。

容易胡思乱想，容易庸人自扰，容易过分思念。

容易饿。

早早睡了，便早早停止了期盼。

5

就这样过了好久好久好久，甚至我都忘记了他们曾在一起，也忘记了他们的分开。直到朋友圈里突然爆出一张照片。

大伟和另外一个女孩子的合影。上面写着，"我们"。

大伟是认真的。他的照片并没有分组可见，而是开放给了所有人，包括左艾。

左艾给我打来越洋电话，问我知道不。我说，这都毕业两年了，跟大伟的联系也是有一搭没一搭的，的确不太清楚。

但我确实也转过头来责怪了大伟。我说："你至少可以不让左艾看见呀！"

"这也算是对女朋友的一种交代吧。既然做出了选择，寄予了信赖，就不要去辜负。"大伟黯然神伤的表情转瞬即逝，随即嘻嘻哈哈地说："我秀个恩爱你也要管，快去给我点个'赞'。"

我自然没有点"赞"。只是私下里跟他说了一声："恭喜啊兄弟。"

"嗯。如果没有什么意外的话，我们俩今年就领证结婚了。"大伟说。

左艾终究没有憋住，趁着短暂的假期匆匆回国，咬了咬牙托我邀大伟出来坐坐。

左艾问："那个姑娘怎么样？"

大伟说："性格挺温婉的，比你脾气要好。"

左艾说："嗯。"

大伟说："也没有各种各样稀奇古怪的想法，挺踏实过日子的姑娘，我挺喜欢的。"

左艾说："嗯。"

她本来还在强颜欢笑，突然间低下头来，半晌无语。

突然，大伟的手机屏幕亮起。他若无其事地拿起手机看了看收到的信息，又放在了桌子上。左艾瞥了一眼，心又被扎了一下。大伟竟然仍然使用着这部老手机，而它之前的桌面屏幕是两人的合影。大伟曾经说，每当想念的时候，就点开屏幕看一看，轻轻亲一下。

大伟似乎读懂了她的小心思，嘟囔了一句："嗯，屏幕照片已经换了很久了。"

但他没有告诉左艾，从那以后，再也没有其他女孩子出现在他的手机屏幕。

他也没有告诉左艾，和她谈恋爱的那段岁月，是他爱人能力达到顶峰的时光，他付出了全身心的精力去爱一个姑娘。只是那些日子似乎已经汲取了他所有疼爱的力气，当现在这个姑娘出现的时候，他终于感受到一种平和心安的气息。

于是，对过去的日子，他选择了放弃。

大伟说："左艾，生活有太多不确定，人都是会变的。"

又是半晌无语，氛围太压抑，我只得制造点儿幽默的声音。我说："韦大伟，梁实秋说过——你走，我不送你；你来，无论多大的风雨，我要去接你。你这个人恰恰相反啊——你走，我去送你；你来，多大风多大雨我都不去接你呀哈哈哈哈哈，哈，哈，哈……"

空气更加凝重了，弄得我末了的每一个"哈"字里洋溢的尴尬都这么清晰。

左艾生拉硬拽着我来到了欢乐谷。

她带着轻微的恐高症，独自一人把所有的惊险项目都过了一遍。

左艾告诉我，恍惚之间，她仿佛回到了几年前与大伟一起来欢乐谷的那一日，面对着太阳神车、极速飞车、水晶神翼等一堆看起来令人毛骨悚然的游乐设备，她可劲儿地打退堂鼓，死活不敢上。

大伟说："你陪我嘛，好不？"

大伟说："我陪着你，别怕！"

此时此刻，她似乎感觉到大伟就坐在身旁，像曾经那样攥着她的手高举过头，伸展至天空拥抱着过往的风。在周围一阵阵震耳欲聋的惊叫中，她偏偏只听到大伟轻声的呼唤：

"亲爱的别紧张，睁开眼睛看，放轻松，just enjoy it！"

头发拍打着面颊，空气在耳边呼啸而过，左艾缓缓睁开眼睛，看眼前来不及捕捉的模糊的风驰电掣的光景。顿时无数不清晰的画面在那一刻凝结，她仿佛在时光隧道中穿越了整个世界。

她想起来，每次过马路的时候，他总会走在马路的外侧。

她想起来，无论他多么生气也极力憋着不冲自己发脾气的样子。

她想起来，刚一分开就收到了他"怎么办，我又想你了"的短信。

她想起来，两人的合照始终挂在他电脑桌面与手机屏幕上。

她想起来，在自己都没有发现手机欠费的时候，便接到了他给充值的通知。

她想起来，痛经的时候他送来的暖腾腾的热粥。

她想起来，每次出远门的时候，他送到飞机场或火车站时满脸的恋恋不舍，然后从书包里掏出一堆零食说："路上吃。"

她想起来，每次他送自己回到宿舍，走到楼梯拐角再转头看的时候，他仍然在门外注视着自己，微笑着招招手。

她想起来，他从来不会挂自己电话。突然有一次他不小心挂掉了，竟然又打了回来，带着溺爱的口吻说："乖，这次你挂我的。"

她想起来，每天始终如一的"早安""晚安"，即便某一天晚上宿舍熄灯手机没电，他也会将电话卡装在舍友的手机上，道一声"亲爱的，好觉"。

她想起来，他曾经认真地说："从现在开始，为我们的将来努力。"

她想起来，他刚刚认真地说："左艾，生活有太多不确定，人都是会变的。"

……

我也奇怪，左艾怎么会在那么短的时间里，猛然想起了这么多事，跟我絮絮叨叨个不停。或许她自己也不明白，那些沉到马里亚纳海沟似乎已经遗忘的片段，怎的偏偏在脑海汹涌翻滚得那般猛烈与逼真。仿佛这不是在坐过山车，而是全身心扎入一场忧伤的画展，每一幅缤纷绚烂的画面都凝结在一滴泪珠里，折射出满眼回忆的凌乱。

于是，当过山车停止的时候，左艾竟然泪流满面。

她说，是风吹的。吹得眼睛生疼生疼的。

我知道她在骗人。若是风吹的，缓一会儿便好了。而她下了过山车后却坐在马路牙子上痛哭流涕了好久。

艰难的时刻并不可怕，美好的时刻留不住才可怕。

寂寞也永远不是虐心的理由，布满整颗心的回忆才是。

我跟左艾说："唉，你的项链不错，那蓝色的是半颗心吗？"

左艾猛然拽下项链，放在手上细细端详，口里念念有词：

　　陌生人，遥遥相望，天各一方，就像月光洒
向海面。若不复相见，平安唯愿。

"哦，原来这是半颗心，我一直以为这是个月牙。"

我问左艾："你后悔不？"

左艾说："不后悔，所有的安排都是注定的。做任何事情，并不是有结果才会有意义。而于感情而言，也并不是一直维系到底才算是成功。不论是藕断丝连的关系还是戛然而止的恋爱，不论是和平分手的选择还是不欢而散的结局，最重要的是每个人在恋爱中的成长。"

相爱不代表合适。合适也不意味着相爱。

有些人最终在一起，或许不是因为爱情，而是因为天时地利人和。

有些人最终没有在一起，或许也不是因为没有爱情，而是因为没有天时地利人和。

刚说完这些话，左艾自个儿笑了。"即便如此呀，就像感受高考的时候也想考个好大学，感受炒股的时候也想多赚零花钱，感受创业的时候也想开辟一番新天地。我也希望这段爱情可以安放，毕竟，谁不希望有一个欢天喜地的结局呢？"

在看左艾的文章的时候，觉得她理性到令人发指；在接触左艾人的时候，又觉得她感性到极致。左艾笑着对我说，写文章才是最自欺欺人的事情。明明好多事情放不下，却要把自己写得大彻大悟什么都已看开似的。

"真的很难过，很遗憾。真的。"

"谈一场旷日持久的恋爱，曲终人散，如梦初醒，就像苍老了一圈。"

6

"喂！这是谁贴的字，干什么吃的！怎么还把名字给贴倒了呢？明明是'韦大伟'，怎么能贴成'伟大韦'？快快，快撕下来重贴！太不小心了！"

上周末，我坐着火车"咣哧咣哧"跑了大老远去参加了大伟的婚礼，刚踏入酒店大门，便瞅到这样的一幕。

韦大伟闻声赶来，说："哎，干脆别弄了别弄了，时间太紧，就不那么麻烦了，反正也不是什么大事儿，权当婚礼上的笑梗儿了。"

布置人员本来还担心新郎会生气，听他这么一说反倒乐意，放下手头的事情钻某个角落歇息去了。留大伟一个人看着'伟大韦'的名字，发了一会儿呆。我知道这可能不是爱，这只是韦大伟这个呆子缅怀过去、执念于"名字倒过来读"的不为人知的自嗨。

我走过去，拍了一下大伟的肩膀，把他吓了一跳，转过身来，见到是我，喜笑颜开。

他说，真的好希望在婚礼上一个不落地看到那些许久不见的老朋友。但仍旧有很多人未到，毕竟都已散落在天涯。

韦大伟问我："左艾来吗？"

我攥着那张左艾写的婚礼致辞战战兢兢地说："你应该庆幸那

个女人没有来。"

没错，左艾终究临阵脱逃了。她专门从国外飞回来，却在婚礼前一天对我讲，每个人的前男友前女友都可以给你寄婚帖，但你不要想当然地以为自己真的被诚意邀请了。随后扔给我一份同学代表致辞让我代她去念：

"……韦大伟是我的前男友，而今天又是他大喜的日子，也不知他记不记得，原本我们说好倘若他结婚、新娘不是我的话，我便送他一匹草泥马……"

草泥马，让我代念？呵呵，我又不傻。

于是我又临时上网查了好多美好的词，什么志同道合、喜结良缘啊，什么百年好合、比翼双飞啊，还有喜结伉俪、佳偶天成、琴瑟和鸣、鸳鸯福禄等一堆一堆，满心想着抑扬顿挫地读下来了事。

没承想，临我上台致辞，左艾又发微信给我一份新的致辞。

我站在台上，看着这些字，鼻子微微发酸。

"各位亲朋好友、各位来宾，大家好，我叫刘甜（左艾），今天我代表韦大伟的大学同学发言。真的开心能够参加大伟的婚礼，曾经我们一群朋友在大学期间结下了深厚的友谊，毕业后各自在不同城市栖息。时光推移、慢慢远离，偶尔萌生惦念，却是鲜有联系。今天能够亲眼看见大伟和他美丽的新娘带着微笑喜结伉俪，由衷祝福与欢喜。突然想到，假如爱有天意，定是盼见你们幸福散落天地。不论日后晴天灿烂抑或偶尔风雨，相互照料、相互依偎，始有归宿，不离不弃。祝愿大伟，祝愿咱们所有所有的朋友，生活甜蜜，都安好在各自的生活轨迹——得知你们幸福平安，便已足矣。"

在座人很少知道他们的往昔，只是一片掌声响起。

韦大伟握着新娘的手，轻轻地吻了一下，满含深情。新娘亦是轻轻偎依，闪烁泪滴。

我走下台回复左艾："你还好吧？"她分享给我一首歌："Never mind, I'll find someone like you. I wish nothing but the best, for you too."

7

我热衷爱情的纯粹，却不奢求爱情的单一，在每一段相遇与邂逅中我们都可能一不小心认真相爱，为情所困，轰轰烈烈，尘烟飞扬。每一段爱恋结束的原因也有很多，有过错，有错过，有距离，有倔强，有无可奈何，有阴差阳错。不论是不甘心彼此无挂也无牵，还是相信相濡以沫不如相忘江湖，最后或许灯熄情灭逐渐泯为沉寂不再为人提起，或许造化弄人成为敏感话题永远深埋心底。

作为大千世界的凡夫俗子，有依赖不得打断，有信任不愿辜负；或者平庸的才华跳不出道德框架的恪守，或者入世的心情逃不出忠贞字眼的要求。

我们努力一生只爱一人。于是有多少爱恋，今生无处安放。

陌生人，遥遥相望，天各一方，就像月光洒向海面。

此后锦书休寄，画楼云雨无凭。

若不复相见，平安唯愿。

再跟左艾聊天。

我问她："最近有没有好股票可以入手的，推荐一下呗？"

她问我："最近有没有好男人可以入手的，推荐一下呗？"

那时候我们最穷，
却在深夜里抱得最紧

文 ▶▶ 七毛

我们用过的东西，都还在。
只是我们，早已不在了。

上海没有糊汤粉。

武汉有，

我们大三那年的武汉有。

by 七毛

1

"饿。"

我发完这条状态三小时后，就成了杨哥的女友。

他把饥肠辘辘的我叫出宿舍楼，问我："想吃什么？"

"糊汤粉。"我脱口而出，眼巴巴地望着他。

杨哥紧皱眉头，但还是立马揪着我直奔户部巷小吃一条街。

两天没吃东西的我，一脸生无可恋的我，在一碗飘着鲜美鱼香味的糊汤粉面前，现了原形。

我口含米线，感激涕零地问："杨哥，你怎么不吃啊？"

杨哥顿了顿，抬头望天，又盯着我说："哥只有十块钱。"

我差点噎住，吸了吸鼻涕，说了句："哥，我身无分文，你若不嫌弃，我只能以身相许了。"

"好！"杨哥眼睛一亮，笑开了花。

热气腾腾中，我红了眼眶，杨哥那张好看的脸渐渐模糊起来。

杂乱的店铺，我们用筷子夹起饱蘸鱼汤的热油条，趁热送进嘴里，那种鲜香和酥软的口感，很多年都忘不掉。

2

2010 年 4 月，我们大三，读大学的第三个年头。

那段日子我真的太他妈穷了，吃了上顿没下顿。

说来心酸又励志，读大学起，我就没花过家里一分钱。"一贫如洗、三餐不继、家徒四壁"，大概这些词语都是为我量身创造的。

北方小镇的老家，我妈常年体弱多病，吃了几十年的药，我硬是给自己申请了四年助学贷款。周末也不闲着，风风火火地到处找兼职，发传单、摆地摊、做家教、当服务员。

比我们校长还忙。

杨哥，我们这所不知名学校里的不知名学霸，低调寡言。在我弄丢 800 元生活费的第三天，用他那个月仅剩的 10 块钱解救了我。

我一直觉得，这世上最好听的三个字，绝对不是"我爱你"，而是"有我在，别饿着，多吃点"。

好的爱情从来不用说，用做的。

跟杨哥相识于自习室，一有空我就去自习，要不是那天他向我借英语课本，两年下来我都不知道后面坐着他。

我们自然而然走到了一起，没有什么风花雪月的浪漫。

杨哥大四时已经开始在外面接项目，从来不用为生活费和明天担忧。而我，一个文弱的穷酸文科女，找工作屡屡碰壁，在拥挤的招聘会现场挤得找不到方向。

"杨哥，我太穷了，什么都没有。"

"我也是。"

"你怕吗？"

"现在有你了，一切都会有的。"

3

2011 年 6 月，拍完毕业照的第二天，我就跟杨哥坐了十二个小时的火车硬座，风尘仆仆从武汉奔向魔都。杨哥不顾父母反对毕业来上海，打算跟着学长一起创业，正好我也有个面试。

上海每天都有人来，也有人走。从上海火车站出来，杨哥提着一大包行李走在我前面，周围霓虹闪耀，夜上海迎来了一千万外地人中最普通的两个。

"小七，你快点啊。"杨哥转身，眼带笑意向我招手。

"好，我来了。"我提着行李箱，加快了脚步。

车水马龙的喧嚣，敌不过此刻的有你真好。

我跟杨哥辗转在长宁租了个隔断间，距离地铁口两公里。租房合同付一押一，只好一次性忍痛交了 2000 块。交完房租，我们全身上下只剩 215 块钱。坐在不足五平方米的房间，我跟杨哥长时间沉默着。

过道窄仄，灯光昏暗，房间密不透风，一张不足一米宽的床、一个柜子和一张小桌子，就把房间塞满了。原来真的毕业了啊，第一次有这种可怕的感觉。

隔断间聚集了来自全国各地的人，有我们这样刚毕业的年轻情侣，有卖麻辣烫的一对年轻夫妻，有一对总是把音响开到很大的基佬，还有一些愁云满面的单身男女。大家各忙各的，从不交流。

每天，我要跟十多个人抢马桶、洗衣机、水龙头，排队刷牙、洗澡、洗衣服。马桶一堵，恶臭熏天。

糟糕的隔音最让我崩溃，隔壁的咳嗽声、翻身都能听得一清二楚。那些日子，我每晚在杨哥的轻鼾声中，听着隔壁情侣的嬉笑怒骂失眠到深夜。对着黑暗的墙，漫谈着微不足道的理想。

早上杨哥起床拉肚子，蹲在里面二十多分钟，隔壁一个男生敲着门怒骂："便秘还是死了？能快点吗？"

一向处变不惊的杨哥，那天脸色阴沉。

"没事啦，有得住总比没得住好！"我对着杨哥嘿嘿笑。

"委屈你了，等赚钱了咱们搬个大房子。"

"跟你在一起，什么都好。"

　　即使我们之间隔着千山万水，我也
要拼尽全力向你招手，如果你能看到，
我的世界便是晴天。

4

我的面试很顺利，就是薪水太低：试用期每月2500元，转正后3200元，偶尔会有奖金。刚毕业，慢慢来，先到大平台学点东西，工资是其次。我给自己脑补了几天鸡汤，就正式入了职。

杨哥进入学长的公司参与项目，工资是我的两倍，每天朝九晚九，回到家已是深夜。

我也是。

我们当时最大的难题，是如何靠着200块钱撑到发工资那天。

十几块钱的外卖肯定是吃不起了。还好天无绝人之路，隔壁男生扔给我们一个小电饭锅，拍拍屁股回老家了。我一激动让杨哥赶紧到超市扛一小口袋米回来，米香味每天飘满整个房间。

我们中午吃着米饭，就着榨菜，躲在格子间勉强度日。晚上就喝燕麦片。杨哥喝不习惯，我给他买了一袋糖，他也吃得津津有味。但还是很饿很饿很饿啊。

我昏昏沉沉中被杨哥推醒："面包，酸奶，卧槽你偷来的？"

杨哥扑哧一笑："公司发的。"

"哪个公司发这个？不信！"我满是怀疑。

"没事，正好路过，献血时送的。"

我的心咯噔一下，眼泪哗啦哗啦往下掉，边吃边哭："杨哥，我这是喝你的血啊！"

"放心，哥肾还在。"杨哥像个孩子一样对我笑。

我哭得更厉害了。

到最后几日弹尽粮绝，我俩干脆就喝水，一饿起来，就咕噜咕噜一碗水下肚，然后立马躺在床上不敢动。

"杨哥，要是能来一碗糊汤粉就好了。"

"是啊，放点辣椒、泡着油条。"

"杨哥，突然好想武汉啊。"

"是啊，去江滩、去东湖。"

我们就这样有一搭没一搭说上半天，睡意昏沉地抱着彼此睡过去。

这张一米宽的床有一块板塌陷下去，住进来当天我就让房东换，眼看着快一个月了都没动静。为了避开那个破洞，我俩只能裹在一起挪到最墙角。

那时候我们最穷，却在深夜抱得最紧。

5

当时我们什么都顾不上，只想租好点的房子，我们努力攒钱，一天一天接着加班。每晚我跟杨哥敲着电脑入睡，他在查资料，我在写稿子。别人房间啪啪啪，我们键盘啪啪啪。

半年后，我们终于搬到了徐汇两居室老公房，跟一对情侣合租。我跟杨哥兴奋地跑去买各种东西。

第一次，终于在房间里添置了落地镜、书架、衣帽架、地毯，贴了墙纸，布置了照片墙，在阳台摆上花草盆栽，开始认真做饭烧菜。我们尽量不吃荤菜，一个月能省下不少钱。为了省地铁费，买了辆二手自行车，每天来回骑行十几公里。

2012 年，我们过得清贫又自在。周末偶尔出去吃顿好的，看场电影，或者去图书馆看看书，消磨一个下午。

杨哥每次发工资那天，都要请我吃一顿火锅。渐渐地，他又恢复了往日轻松的神气。

"杨哥，你为什么对我这么好？"

"你长得好看。"

"这个我知道，不算。"

"你又瘦了，多吃点。"

"我很能吃的，小心被我吃穷呀！"

"没事，哥让你吃一辈子！"

不知道是火锅太辣还是太辣，吃着吃着眼泪就被呛下来。

6

没有谁的人生是一帆风顺的，爱情也是。

上海房价涨一涨，我们心脏抖三抖。意料之中，房东给我们涨房租了，一个月加了 800 块。我们一合计，妈的不划算，三十岁前要省钱攒首付，搬家吧！

在上海找房是场艰难的争夺战，一个小时前发布的信息，两个小时后房子就能被抢掉。

搬家那天，耳机里正好听到宋胖子《斑马》里那句"我要卖掉我的房子，浪迹天涯"，把我的心听得一颤一颤的。有房子就好好待着，浪什么浪哟真是！

2013年，股票市场一段时间连续涨停，我们身边的同事都在炒股，杨哥也开始琢磨投点钱进去，他把这两年攒下的几万块全部投了进去。我对股票不懂，劝他还是见好就收。

他一脸兴奋："放心，哥现在一周就能赚到大半年房租了。"

我也没法，只能由着他。接下来大盘跌得我跟杨哥大眼瞪小眼，四眼泪汪汪。

完了。

没想到，此后事情更糟。杨哥已经三个月没有工资了。那几年，多少创业公司崛起，就有多少多少倍的创业公司倒下。他那段时间常常通宵加班，回来倒头就睡。

看他这个样子，我每天战战兢兢。我告诉自己，要振作啊老子可不能倒下，不能没了经济来源。杨哥养我一场，现在我要好好养他。

我白天在公司上班，晚上回来接软文、写小说到凌晨两三点。每天眼睛肿成熊样。虽然稿费很低，但总比没有好。我心想：写完这几篇稿子，这周饭钱就有着落了，写啊写啊写啊。

杨哥那时很有挫败感，终日闷闷不乐。

本以为靠着我能挺一段时间，可我脑袋一热，就他妈把工作丢了。

我的新领导，在反锁的办公室里对我动手动脚的那一刻，我终于爆发了。怒，为了五千不到的月薪，我干吗在这种贱人手下糟蹋自己，老子不干了！领导怒吼："滚！赶紧滚！"

上了回家的地铁，我就后悔了，加上连续一个月来无休止熬夜和无规律饮食，肚子突然疼痛难耐直冒冷汗。

晚高峰的地铁挤满了人，我扶着把手不敢坐下，这个连蹲着都要被拍照的上海，我直接一屁股坐在地上，大概会红遍全中国吧。

迷迷糊糊摸到家里，躺到床上就睡着了。

来上海这两年，我第一次觉得累。

等我醒来，被杨哥的臂膀包围着。他拥着我，昏暗的灯光照在他憔悴的脸上，静谧的空气让人心生温暖。

"杨哥，我们来上海是为什么？"

"生存。"

"你累吗？"

"累，但没法。"

7

一个月后，我们各自找到工作。杨哥在杨浦，我在闵行。相距三十公里的我们，只得分开住。

灯火辉煌的地铁口，杨哥在前面拎着行李箱。跟初来上海在火车站时不同，他的身子消瘦了很多，背影更加落寂。

我提着行李袋的手在发抖，太沉了太沉了。

满是名车豪宅的灯红酒绿里，我们拎着大袋子，失魂落魄，像逃荒而来的流民，跟这个城市格格不入。本来，我们也没融入进去。

我突然心慌起来，没有安全感。

人的心理防线，可以在一瞬间就崩溃瓦解。

上海很大，我们很小。我们走得很慢，这次杨哥没有让我快点。两年了，我们还是我们，也不再是我们。

工作日我们各忙各的，周末就待在一起。有时周末加班，我们半个月甚至一个月见上一次。我开始习惯一个人的生活，学生时代独来独往的日子又回来了。

没日没夜加班的我，终于在新公司得到赏识，开始升职加薪。

不知道是真的忙，还是为了忙而忙，我们的话越来越少。只是杨哥会主动给我电话，让我多吃点、早点睡，还有问我钱够用吗？

我吃着加班的便当，嘴里答着嗯嗯嗯都好。

8

2014年9月，杨哥的父亲突然被送到医院抢救，他连夜回了西安的老家，我赶紧打了几万块钱过去。

两周后杨哥打电话给我，语气低沉："怎么办，我妈只有我一人了。"

"我知道了，你好好照顾她。"眼泪在眼眶打转。

"你来吗？"几乎是带着恳求的语气。

我憋了几分钟，终于说出："杨哥，我快二十八了，穷怕了。"

杨哥沉默良久，几乎哽咽："对不起，没能好好养你。"

"很好了……很好了……已经很好了啊。"

我挂了电话，躲在公司卫生间，泣不成声。心被掏空了一样。

杨哥走了，回老家了，再也不回来了。

我去给杨哥退房，他的房间东西不多。

我们来上海第一个月开始用的电饭锅，每天靠着它煮着米饭配着榨菜。杨哥说那段日子最苦了，我不觉得，最苦的日子我也不记得了。

我们搬到两居室后在宜家买的电脑桌。一到周末，杨哥就把速度卡到掉渣的电脑放在上面，下载一部电影。我俩戴着耳机，窝在床上，搂在一起看到昏昏入睡。

我们在网上买的烤面包机。每天烤上两片蘸着花生酱番茄酱的面包吃得心花怒放，杨哥说我嘴上的酱汁没擦掉。我说是吗是吗在哪儿，然后他突然亲上来。

我们刚来上海买的洗脸盆也还在。搬了几次家都没扔。记得那会儿我忙得五天没洗头，第二天要见客户，我们当时穷得连二十块钱的洗发水都不敢买了。我看到一袋洗衣粉，二话没说就往头上撒，一头扎进脸盆里。杨哥那晚在门外坐了一宿。

我们用过的东西，都还在。

只是我们，早已不在了。

9

回到西安的杨哥，生活慢慢安定下来。

我的工作步入正轨，一个人也租得起稍微好点的房子。但我明白，我也会离开上海的，可能明天，可能五年十年后。

奋斗几十年，还不知道能不能买得起一个厕所。随便吧，不想了。

2016年初，杨哥的室友老章跟我说，杨哥要结婚了。

我听到这个消息，不知道说什么好。关掉手机，挤进了人来人往的地铁，脑袋里想的全是昨晚还没通过的策划案。

上海这个城市，人太多了，每个人都有故事，每个人都很脆弱。可没有什么能比挤上高峰期地铁，更让人欣慰的。

我妈常跟我念叨："你也老大不小了，该回来找个人结婚了。"

我说："好呀好呀，明年春节就带回去，胡歌还是霍建华，您先决定好。"说着说着眼泪汪汪。年纪大了，泪点也变低了。

春节杨哥举行婚礼，我躲在老家哪儿都不想去。

后来小章跟我说，结婚那天，杨哥喝得烂醉，哭着闹着要到上海吃糊汤粉。你说上海怎么会有糊汤粉呢？

是啊，上海没有糊汤粉。

武汉有，我们大三那年的武汉有。

最美的爱情，
生在最深的绝望里

文 ▶▶ 李月亮

爱情是最喜欢在暗夜里生长的花，
越暗的夜，
它便开得越绚烂。

爱情最怕易地换景，
在哪里生的爱情，
就最适合在哪里长。

by 李月亮

　　苗圃演过一部监狱爱情电影《凤凰》，讲到是一对重罪男女，在监狱里产生感情，历经三十五年曲折终于走到一起的故事。

　　电影很感人，但更让人感动的，是这部电影的真实原型。女主人公的原型叫俞维凤，是个漂亮的上海知青，高中一毕业就去江苏连云港插队，因丈夫风流成性，不堪忍受屈辱，怒杀了丈夫，被判死缓。男人的原型叫马正晓，天资聪颖，极具艺术天分，却因为为哥哥报仇而过失杀人，获刑十五年。两人都在南京市老虎桥监狱服刑，并在一次犯人的演讲报告中相识，暗生情愫。监狱里男女犯人不能交流，更不能谈恋爱。两人利用智力竞赛、制作展牌的机会，通过棉纱包裹的小纸条传情。这样苦恋了近十年后，两人相继减刑出狱，很快便结成夫妻。

　　电影在有情人终成眷属的那一刻便戛然而止了，而现实中的马正晓和俞维凤却在结婚七年后，由于各种分歧，离了婚。据说在电影的试映会上，俞维凤一直在哭，当看到"监狱拥别"环节时，更是忍不住号啕大哭。但哭归哭，她与同时观影的马正晓却全场刻意保持距离，没做任何交流。这令很多现场的记者不胜唏嘘，感叹"现实比监狱更残酷"。

现实的确是残酷，但比现实更残酷的，当然不是监狱，是人的欲念。

可以想见，当年监狱里的两个人，在那样深刻的绝望里，心生这样珍贵的爱情，好比在漫漫寒夜遇见燃烧的火种，没有理由不感激和珍视，所以十年苦恋，两人能把这爱情呵护得那么好。可是出狱后，他们回到多彩的生活，世界重现光明，暖阳照下来，爱情不再是生命里唯一的希望，财富，亲情，前程，样样值得追求，那一团曾给他们无限温暖和光明的爱情便不那么耀眼了，尽管火还是那团火，但它的光芒被冲淡了，于是免不了被忽视，被遗弃，甚至被厌恶，最终悲惨地灭掉。

这是爱情的宿命。

爱情是最喜欢在暗夜里生长的花，越暗的夜，它便开得越绚烂。因为那个时刻，所有与现实有关的欲念都冻结了，唯有爱情，能跳脱这严酷的现实，忽然间生长出来，澎湃蔓延，成为人心里唯一而有力的依靠。而一旦冬去春来，各种欲念复苏，爱情便被挤压成小小的一团，为各种利益让路了。所以最美的爱情，通常是生在最深的绝望的。

　　变化是爱情最有效的试金石，唯有在百变的生活里始终不变的感情，才是真的好感情。

所谓的患难见真情，其实有好几种可能。最常见的一种，是夫妻中一个遭遇困境，另一个不离不弃，这说明的确是好感情。另外一种，是夫妻二人作为共同体，同时遭受打击，这个时候齐心协力共渡难关，那是人的本能，不足为奇。而还有一种，是同时在逆境里的两个人，滋生了爱情的火花，然后紧密携手，迎来新生。这一种感情，其实最危险最脆弱，因为人在困境中，会情不自禁地抓紧任何一线希望，这时候人没有太多选择，也没有太强的判断能力，爱情一出现，便被当作救命稻草抓住。也许你当时确实以为遇到了生命里最重要的那个人，而上岸之后却往往发现，他只是在最重要的一刻，向你伸出了最有力的那只手，而这只手是否适合以后相携走过漫长的岁月，还需要太多其他因素去考量。

　　所以很多情侣，风雨同船，天晴便各自散了。那是因为爱情最怕易地换景，在哪里生的爱情，就最适合在哪里长，苦难里生的爱情，喜欢在苦难里长，蜜罐里生的爱情，喜欢在蜜罐里长，一旦情景变化，人心就会变，心变了，爱自然要跟着变。

　　换一个角度，也可以说，变化是爱情最有效的试金石，唯有在百变的生活里始终不变的感情，才是真的好感情。

戒掉缺点，
就戒掉了你

文 ▶▶ 艾小羊

有时候，
正是那个人的缺陷满足了我们，
使我们的长处有了施展的空间，
而不是他们的优点吸引了我们。

没有人愿意承认这点，
我们最终抱怨的，
总是那些恰恰吸引与打动了我们的事。

by 艾小羊

　　文与刘是我身边最恩爱的夫妻，从未见他们吵过架。文的话多，常常像大雪天的冷风，裹挟着小刀子吹在刘的脸上；刘却像一台电暖气，他那与实际年龄不相称的大师般的慈祥笑容，瞬间化解了迎面而来的雪花做成的利刃。

　　刘的左耳，小时候游泳得了中耳炎，没有及时就医，导致耳膜穿孔，几乎丧失了听力。虽然他的右耳是正常的，但倘若你面对面地与他说话，或者恰巧在他失去听力的那只耳朵旁边说话，他便有了一项令人羡慕的选择权：可以听也可以不听。

　　与他们夫妻待在一起久了，会影响我们对待自家丈夫的态度。因为刘模范得近乎完美，不仅做到了骂不还口，更难得的是心里绝无一丝半点的怨恨。相反，他总说文很好，聪明、能干、要强，家里大大小小的事，她都不仅拿主意，还能做得八九不离十。

刘被养得白白胖胖，愈发像一尊菩萨。每当文因为鸡毛蒜皮的小事大发雷霆，刘总是偏着头，让失聪的那只耳朵迎接急风暴雨，然后面露无辜地说，你在说什么啊。文愤怒的表情立刻切换到了无奈。

常常，文会抱怨刘的缺陷，说自己嫁了一个聋子，我们却总是将这种抱怨当作她的撒娇。在许多夫妻的感情如刀上舐血般微妙与不安的当下，他们感情深厚，在彼此的人生中纠缠得如此深刻，无疑是令人羡慕的。大家曾私下议论，即使全天下的人都离婚了，文与刘都不会。这话不知怎么传到了文的耳朵里，她想了一会儿，说，如果刘的耳朵不聋，我会更喜欢他。

后来有一段时间，我没看到刘，文说他去美国妹妹那儿换人工耳蜗了。

刘此行，花了几十万，不过，钱花得值得，他的听力几乎恢复到了正常水平。文非常高兴，不再像过去，将刘藏宝贝一样藏在家里，而是经常带出来参加聚会，晒晒自己完美的丈夫。

然而，尽管不是一夜之间，却也快得超乎想象，刘由一个过早变得慈祥的男人，变成了一个思维敏捷、性格外向的男人。文起初是得意的，她说刘原本就是一个肚子里有货的男人，只是限于身体缺陷，喜欢把自己藏在暗处，现代科技治愈了他身上的唯一不完美之处。

那天，我如约去文的家里取她代我网购的东西。房间里面静悄悄的，我问"刘呢"。"还不是死在房间里忙自己的事。"文说话的风格一贯如此。令我没有想到的是，刘忽然从房间里冲出来，说"什么叫死在房间里"。我正在换鞋，进也不是，退也不是。文的脸涨得通红，在我认识他们的十年间，听到过文说刘更难听的话，却从未见过这对夫妻如此尴尬。

匆匆取了东西，我便走了。文送我下楼，说"我觉得他变了"。

棉花团似的刘，身上忽然有了强硬的东西。

吃自助餐，刘打开一罐啤酒，文抢过来说："肚子喝饱了，生猛海鲜都吃不下去了，给老板省钱。"我们笑起来，期待刘露出孩子般天真的神色摇摇头，然后不声不响地端回一大盘基围虾，吃个底朝天。然而刘不声不响地走了，又拿来一罐啤酒，打开喝了一口。文没有再说什么，只是那顿饭，吃得不愉快。

随着刘的耳疾被治愈，他身上曾经与文契合度非常高的部分像经历了一场看似温柔实则锐利的春风，被一点点风化掉了。文的唠叨令他无法忍受，文"凡事做主"女汉子作风也让他觉得难受，他试图改变文，却没有意识到，从他们恋爱开始，文就是这个样子。

渐渐，文的羽翼下，再也藏不住刘。刘在每件事上都试图崭露头角，与原本棱角犀利的文不断碰撞，先是轻微的试探，最终却成了彼此的头破血流。

朋友之中，对待文与刘的态度也是分裂的。有人认为刘不该说变就变，有人认为文原本是不对的，过去她那么强势，换上哪个男人也受不了，她应该调整自己，变成一个正常的贤妻良母，以配合刘的改变。

　　这场争论注定是无果的。

　　刘的忍受并不是因为爱她，而仅仅因为自己的缺陷，这是文最无法接受的。可是，文对刘的爱也未必如自己想象那样纯粹。如果她爱刘，当他的耳疾治愈，人变得开朗、外向、有自己的想法，她难道不应该为此开心？她如今的失落，是否也证明了她爱的并不是他，而是他的缺陷，他的弱势？

　　当然，如果刘在耳疾治愈后，依然像过去那样，脸上挂满过早到来的慈祥，则天下太平。可是，上帝打开一扇窗必定会关闭一扇门，问题不是出在上帝身上，而是作为会思考的动物，人类永不可能放弃权衡与算计。那些权衡与算计，甚至不是出于有心，而是像呼吸与烦恼一般，在无意间已经完成。

　　文与刘，这对最不可能离婚的夫妻，走到了离婚的边缘。

　　那天，他们吵架吵到高潮，刘据理力争，文寸土不让。最后，文对着刘的耳朵咆哮"你再这样，我们就离婚"，她看到自己的丈夫神情忽然变得怪异，以为他害怕离婚，便就离婚的细节展开了漫长的演讲。刘一言不发，以极大的耐性等待文发泄完毕后，默默地走进书房，关上了门。

爱与其说是一种邂逅，不如说是一种宿命。

刘跟远在美国的妹妹聊了半个小时，告诉她自己的左耳忽然又什么都听不到了。妹妹建议他赴美国检查。"新科技，你就是一试验品。当初已经跟你说了，你非要花这笔冤枉钱。"似乎不顾他人心境实话实说是每个已婚女人的通病，文如此，自己的妹妹也是如此。刘想了一个晚上，第二天对妹妹说，不去美国检查了。

　　这个消息，刘对文隐瞒整整一个月，毕竟，装人工耳蜗花了家里一大笔钱，他做好了挨骂的准备。文却什么都没有说，只是去厨房给刘盛了一碗莲子银耳汤。

　　第二天，刘很早就醒了，盯着天花板发呆。当文开始翻身，他侧头看她。她的皮肤在早晨睡足觉的时候特别水灵，小皱纹都不见了，又白又光。眼睫毛不长，却很密实；鼻头有肉，是传说中财运好的女人的鼻子。她的鼻孔均匀地出着气，有几根落在鼻翼处的头发跟着一起一伏。很快，他的注视唤醒了她。刘不好意思地冲文笑，说出了自己想了一夜的那句话："对不起，花了咱家那么多钱。"

　　"还去治吗？"文问。

　　"不折腾了。"刘说。

　　文起身穿衣服，然后去厨房张罗早饭。

　　他听到她在厨房里叫唤，却懒得听她叫唤什么，反正也听不清。过了一会儿，她旋风似地冲进来，指责他昨晚吃完银耳莲子汤的碗没有洗。

"好，我去洗。"他顺从地说。

"哪用你洗，你又不是洗碗的人。以后记得泡在水里，汤干在上面，不好洗。"文说。

刘笑了一下，像做错事的孩子面对原谅他的母亲，笑容里既有放下心来的满足感，又忍不住带着讨好对方的意味。

文回到厨房，认真地洗那只隔夜的脏碗。

他们重新成为众人眼中的模范夫妻，却再也没有听到文说，如果他的左耳能够听到，就完美了。

后来，文对我说，越是强势的女人，越容易爱上一个"瘸腿"的男人。我问她，是不是因为他满足了她的母性意识与拯救情怀？文点头。

爱与其说是一种邂逅，不如说是一种宿命。正是那个人的缺陷满足了我们，使我们的长处有了施展的空间，而不是他们的优点吸引了我们。尽管优点是重要的，却从不具有缺陷那样打动人心的力量。优点只是菌类，生长于缺陷这株大树上，当你搬动了缺陷，优点也会散失。

只是，没有人愿意承认这点，我们最终抱怨的，总是那些恰恰吸引与打动了我们的事。

山盟海誓
抵不过柴米油盐

文 ▶▶ 老丑

或许我会更加恨你，
但对你的爱却不会少一分一毫。

我一笑了之，
不是不相信爱情，
只是笑你，
笑你那颗易碎的玻璃心。

by 老丑

北京这座城市，让我喜欢的理由不多，其中之一就是，这里可以满足吃货们日渐膨胀的食欲。你不必走遍大江南北，在街边，就可以找到各种地方小吃。

反正，他们的牌子上是这样写的：山东杂粮煎饼、陕西肉夹馍、湖南苗家臭豆腐、湖北孝感米酒、东北正宗烤冷面……

我住回龙观那会儿，每天下班，村口成排的地摊儿都能汇成一条小吃街。安全起见，我并不是每天都吃。和《生活大爆炸》里的谢耳朵他们一样，同事们通常把每周五下班后定为"消夜"，即供肠胃消遣放纵的夜晚，不撑不归。

某周五，和往常一样，我带着俩同事去买地摊货，其余同事占座留守排档中。

整条街，最畅卖的，当属臭豆腐和豆腐串。而客流量最多的摊位，当属"舍得"——并不起眼的名字，也没打什么湖南湖北的招牌，可他家的东西一吃起来，风味异常浓郁。

"舍得"有两个摊位，老板炸臭豆腐，老板娘烫豆腐串。

听口音，老板是湖南或湖北一带的，六十岁上下，暴脾气，什么事不顺心了就开始嘟囔，却从不和外人说一句话。客人惹恼了他，他也顶多背地里骂上几句方言泄气。我算是这一带的常客，几乎和每个摊主都很熟，唯独他一个倔倔的，每每和他搭话，他从不理我。

老板娘看起来却和善许多，面带笑容，时不时和客人聊聊家常。每次我讲一些我们家乡那边的情况，她十分乐意听。有时她也会问我一些问题，并和我分享一些她家的事情。她说，他们的女儿也在北京工作。

但就是这不惹人注目的名号、不搭边的老两口，竟组成了小吃街上最火爆的摊位。

日暮而至，披星而归，两人总是各忙各的，很少聊闲话。我一直心怀疑问，除了生计的事，他们靠什么维系感情？

今日刚巧夏至。夏天一到，排队的客人就更多了。

天热气燥，排队之际，不巧老板的暴脾气又发作了。他动作娴熟地炸着豆腐块，急切和愤怒全写在脸上。

老板娘还是和颜悦色，一手烫串进方锅，一手收钱放腰包，微笑着和客人聊天，时不时还插句关于女儿的话，一如既往。

客人的确多，老板娘这边零钱不够了，于是偷偷去老伴儿口袋里翻零钱，可一不小心，她的手腕碰到了老板的胳膊。

接下来自然是悲剧，刚刚盛好的臭豆腐和热汤汁洒在老板另一只手上，一点儿不剩。一瞬间，老板的手红了一大块，紧接着，一个大水泡就起来了。

"你在搞什么？"老板急了，冲着妻子劈头盖脸："能干就干，不能干就滚回去！"

"别气了嘛！"老板娘脸红脖子粗，边说边去看老伴儿烫伤的手。

老板娘正试图缓和气氛，万万没想到，蹦出个不解风情的男子："你俩要打回去打呗，我们还等着呢，快点儿啊！"

"看什么看，看了不也是烫了？"老板把火一股脑儿全发到妻子身上了，本想推开妻子，没想到用力过猛，把妻子推了个趔趄。

再看妻子，手里正捧着一大桶凉水，本想替丈夫洗洗伤口，降降温度。这一推，水洒一地，有的还溅在顾客身上，周围怨声一片。

妻子连忙低头赔罪，可一转身，一脚踩在洒了水的地上，本就没站稳的她跌在地上，疼得站不起来。

顺着动静，赶来围观的人越来越多，议论声嘈杂不堪。

老板本想撂下手里的筷子，走过去扶起老伴儿，可一见周围人这么多，又碍于面子。于是他头也不抬地赶回摊子，随手抽出

行走世间，每个人都说自己不敢奢望，
唯独想要一份深刻的爱情。

一张破报纸，简单擦了擦手上的油，便继续翻腾起锅里的臭豆腐了。他嘴里依旧嘟囔着，尽管谁也不知道他到底在说些什么。

老板娘见他走开，似乎也急了。缓了一会儿，她慢慢起身拍了拍裤子，回头把摊车推到一边，摘掉围裙径直离开。

夜幕下，人群散开，妻子远去，倔强的老板孤独地忙活着。

客人们心里想什么，接下来会发生什么，我不晓得。只觉得这事儿要搁在某些夫妻身上，女的不闹个鸡犬不宁，全然对不起爹妈给的好身板。

我想起前几个礼拜，有个同事晚上洗澡，老公推门送浴巾的时候劲儿没用对，把她推倒了，她跟老公大闹了一宿，第二天还在电话里跟老公掰扯不停。又过去几天，本以为这事都消停了，谁知吃饭的时候，另一女子偏偏提起了这事。午饭过后，该同事越想越憋气，一怒之下竟闯进了老公的公司，当众拽老公出来，让他正式给自己赔礼道歉。老公也没惯着她，当晚闹到了老婆娘家，想讨个说法。

一来二去，雪球越滚越大，最后两家老小倾巢出动调解，两人方才化干戈为玉帛。

本是小事一桩，非要折腾一番，"对簿公堂"才能了结，何必呢？要是这老两口回家以后纠结不清，也这么打起来，举目无亲，谁来劝解，谁又来调停？

想着想着，我们所有的东西都买完了，正往回走，不经意间碰到了老板娘。她就坐在离摊位不远的大树下，瞅着老伴儿，哭成了石像。

我把东西递给同事，想凑上前去，安慰她几句。

犹豫间，老板娘已经起身，使劲儿擦了擦眼泪，又拍了拍身上的灰尘，一路小跑，溜进了村里的小巷。

等我们酒足饭饱，已将近半夜。放眼望去，小街一片狼藉，该撤的都撤了。

不远处，不知何时，老板娘已经回到了老伴儿身边。老两口正一搭一合，忙着收拾着自己的摊位。

我路过他们的摊位，两个人已经收拾完坐下了，我也终于听见两人开口闲聊了。

"还生我气不？"妻子用胳膊肘轻轻碰一下老伴儿，嘴里不停地问着，"还疼不？"

"这小伤，算啥子嘛！这小伤，不算啥。"老板还是一句一句嘀咕着，"就是，挺急的。那会儿，你跑掉。"

妻子说："这几天，别往闺女那儿跑了。你这伤——"

老板连连应声："嗯嗯嗯。要有东西，你自个儿送去得了。"

两个人紧挨着，面对面坐在街边的马路牙子上。老板一只手抬起，一只手放在大腿上。妻子正在替他包扎伤口，小心翼翼。

妻子一边包扎一边问："疼不？"

丈夫一边咬牙一边答："不疼！"

翻来覆去的两个字，不浪漫，也不奢华，倒是诠释了两人感情的全部。

路灯的灯光打下来，把两个人的身影拉得庄重。

绷带上渗出的紫药水，颜色和夜色一样浓。

行走世间，每个人都说自己不敢奢望，唯独想要一份深刻的爱情。

我一笑了之，不是不相信爱情，只是笑你，笑你那颗易碎的玻璃心。

我承认，我们爱得不够深刻。

并不是我们的爱，没有在思念里千锤百炼；也不是我们的情，无法流传千古永垂不朽。只是这老两口的爱，粗枝大叶，柴米油盐。这些，我们不曾拥有。

恨了，就恨得实实在在；爱了，也爱得桑榆情浓。

那是岁月积攒的淡定、宽容与惯性，即便耗费整个青春的感情，我们恐怕也无法亲身感受。

是的，或许我会更加恨你，但对你的爱却不会少一分一毫。

只可惜，年少不经事的我们，还没等全部看透，就把共度余生的那个人，给弄丢了。

还记得陪你跑过青春的那个人吗

文 ▶▶ 时光君

还记得陪你跑过青春的那个人吗？
现在，他还留在你身边吗？

看似命中注定的邂逅，
经历了你侬我侬的缠绵，
最后却又悄无声息地离去，
叫人措手不及，无可奈何。

by 时光君

1

去年夏天，我加入了小区里的夜跑群。

群主大饼很热心，会定期组织跑步、羽毛球等活动，每周二、四、六晚上的夜跑是固定节目。

漂亮的副群主薛琳是领跑者，据说也是群里十公里纪录的保持者。

她是绝对的大美女，身形颀长匀称，皮肤白皙，大眼睛，马尾辫，总是穿 UA 的紧身训练服，露出平坦的小腹，有清晰可见的马甲线，应该是一直保持着健身的好习惯。

有如此赏心悦目的带队者，男人们总是斗志昂扬。

只是刚开始的时候，我非常痛苦、挣扎，因为长时间没有定量的运动，经常支撑不到一半路程就放弃，公里数一直是垫底的。

几次之后，我遭到了薛琳的劝退，她说像我这种半途而废的人不适合跑步，更影响了整支队伍的氛围，眼神里尽是鄙夷。

　　大美女的冷漠态度让我的自尊心严重受挫，我对天立誓要在三个月内赶超她。然而薛琳对于我的豪言壮语并不感冒，只是淡淡地说："如果不想滚蛋，那就努力跟上我吧！"

　　后来，就算膝盖酸疼，脚踝肿胀，我也一直紧紧跟在薛琳身后，至少坚持着要完成五公里。

　　再后来，我彻底爱上了汗流浃背的舒爽感，当夏夜微凉的风拂过运动着的身躯，似乎每一个细胞都在咆哮，每一寸肌肤都在燃烧，身体里的小宇宙好像也在闪闪发亮。

　　完成人生第一个十公里之后，我有一种重生的错觉，脸庞泛出股红色，心底透出满足感。尽管体力严重透支，但是整个人却分外轻盈。

　　原来我可以做到这么多。原来所谓的极限，其实在坚持面前只是一道坎。跨过去，一切都云淡风轻。

　　出乎我的意料，薛琳还特意过来鼓励我，让我真是受宠若惊。

　　三个月之后，我成了夜跑群中的佼佼者，跑十公里可以稳定地控制在五十分钟之内。自此，原本对我嗤之以鼻的薛琳开始对我刮目相看。

　　薛琳素来高冷，不苟言笑，虽然夜跑群里的男人都喊她女神，她却从来不怎么搭理。群主大饼对她是一往情深，每次组织健身活动都尽心尽力，偶尔还会搞搞聚餐活跃气氛，借着酒劲明里暗里地表白，奈何，从没单约成功过。

我猜想，可能是因为大饼那让人无法直视的"地中海"吧，散发着过度浓烈的荷尔蒙气味，总是一副急吼吼的模样。

可是，大概是同龄人的缘故，薛琳和我之间交流逐渐多了起来，她对于码字写故事很有兴趣，夜跑的时候还会聊上几句。

后来我嘲吼吼地问她："你这么高冷的人怎么会搭理我？"

她笑着说："有些人自会相互吸引，有些人自会相互嫌弃，这大概是磁场合不合的缘故吧！"

那会儿，我差点儿以为女神眼睛垂青于我了。

薛琳就职于一家知名的奢侈品公司，也做一些代购，收入不菲。后来，我请她帮我带过一些东西，不仅价格非常实惠，还附赠了精致的小礼物。

我感到不好意思，一直说我要报答她。

这机会来得很快，过年的时候，薛琳来到我的酒馆。

喝完杯中酒，她很郑重其事地问我："阿光，你能帮我一个忙吗？"

"嗯。愿意效劳，即便是以身相许。"

薛琳装作轻蔑地撇了撇嘴，又好整以暇地说："你是不是认识什么出版商？"

"嗯。你是想——"

她迟疑了片刻，眉头微蹙，然后表情怪异地笑了笑说："我很喜欢一篇小说，想做成书，能不能麻烦你出面让出版社去联系作者，所有费用我来付。"

我点了点头，又给她倒了小半杯百利："女神的请求，当然无法拒绝。"

她莞尔，忽然盯着我看了半晌："阿光，有没有人说过，你长得像星际迷航里的赵约翰？"

2

十一月份的周末，带着点儿萧索的秋意，陕西南路依旧人流熙攘，然而，这地方自有一种闹中取静的惬意味道，让人流连忘返。

我缓步走出书店，站到垃圾桶边抽了一支烟，整理了一下复杂的情绪，然后走进马路对面的咖啡店。

薛琳斜倚在沙发上，单手撑着下颚望着窗外，神情慵懒，热摩卡的氤氲气雾缭绕在她身前。

我走到她身前，将手里的书放到桌上。

封面制作得很精致，背景画是一个男孩在操场上追逐一个女孩的场景，书名叫作"还记得陪你跑过青春的那个人吗"，副标题是"当你跑步时，你在想念着谁"。

真的是略有点儿矫情。

薛琳的脸上没有什么表情，纤长的手指翻到扉页，正中央的位置有作者的签名和寄语，这是我去书店的收获。

"愿你也依旧怀念彼此的青春年华——韩明"，作者的字很隽秀。

我注意到薛琳的手指轻轻颤动，嘴角也细微地抽搐了一下，忽然露出诡异的神情，漫不经心地问我："签售会上，人多吗？"

我沉默地点了点头。

"你说……他是个好作家吗？"她用勺子轻轻搅拌咖啡，抿了抿嘴唇。

我淡淡地笑了笑："还行吧！"

"这本书你看过吗？"

"没有。"我摇了摇头，目光又落到了扉页的寄语上。

"那你……觉得他怎么样？"薛琳缓缓抬起头来，眼瞳里有捉摸不透的光芒。

我凝视了她一会儿，平静地说："不了解，不过，长得挺像赵约翰的。"

"叮"的一声，勺子敲击在杯身上，几滴咖啡洒在白色的桌面上，慢慢地晕染开来，显得很是突兀。

薛琳怔了怔，然后笑。

可是彼此都明了，这笑是欲盖弥彰，是想掩饰心里的歉意和不安，是想冲淡空气中萦绕着的尴尬和困窘。

都不再年轻了，已经懂得用戏谑的表情来伪装心底的纠葛，心知肚明却不会去刻意揭穿。

过了片刻，薛琳低下头开始翻书，我也不知道应该说些什么，胸腔里依旧翻江倒海般地不舒服，于是抬眼望向窗外。

对面的书店门口，大批的人开始走出来，签售会应该差不多结束了。

我转而望向神情凝重的薛琳，她眼神里的意味扑朔迷离。我禁不住露出一丝苦笑。其实，在签售会上，有一个姑娘一直陪着作者韩明，而她的眉眼和薛琳简直像是一个模子里刻出来的。

这就是所谓的怀念彼此的青春年华吗？这两人都有病。

不喜欢自己扮演的角色，心里感到烦躁，走到外面想去抽烟，晚秋的气息迎面袭来，淅淅沥沥的雨丝飘洒在脸上，不由得身体有些瑟缩。

又一阵凛风刮过，枯黄的梧桐落叶漫天飞舞，行人们都竖起衣领低下头快步行走。

烟点了好几次才燃起，我深深吸了一口，对面的书店，韩明正好昂着头走出来。那姑娘亲热地挽着他的手臂，倚靠在他的肩头，而韩明的脸上满是幸福的笑意。

我心中一动，猛然回过头去，薛琳却已经不在原来的位置上了。

    有一天，你遇到一个人，你们彼此相爱。终于明白，所有的寻觅和错过，只是一个过程，而相守才是结局。

3

其实我说了谎，我那个做图书编辑的朋友在将稿件一审一校之后，发给我看过。

当时我并没有很在意，只是很粗略地翻了翻，是类似于《匆匆那年》的青春小说。

故事原先连载在作者的微信公众号上，每篇的点击量非常有限。文字挺不错，剧情也尚可，只是主观意识浓烈了些，读起来倒像是无病呻吟。

而现在回想起来，尽管用了化名，但这应该就是韩明和薛琳的真实故事吧！

大一的时候，薛琳从一场重病中恢复过来，体质羸弱，于是她坚持每晚到操场上跑步。在那里，她遇到了韩明，一个斯文、腼腆、内敛的男生，同样有着夜跑的习惯。

因为跑步，他们结缘。

结伴跑了半年之后，他们自然而然地在一起。

各自是彼此的初恋，都分外珍惜着人生的第一份感情。

薛琳漂亮、聪慧、优秀、文静，其实却是一个极度缺乏安全感的姑娘，因为自小开始，身边的亲人就一个接一个地离开。

一直以来，她看上去都像是一个郁郁寡欢的怪人，远离喧闹，素不合群，也从来不接受任何男生的示好和追求。

直到高中毕业后的暑假，薛琳的父亲也过世了。她终于承受不起这沉重的打击，一病不起。

所以对于薛琳来说，无所谓帅气多金，也不苛求浪漫甜蜜，她所在意的感情，是一如既往不离不弃的陪伴。最害怕的就是，看似命中注定的邂逅，经历了你侬我侬的缠绵，最后却又悄无声息地离去，叫人措手不及，无可奈何。

二十岁生日，薛琳将自己交给了韩明。那一晚，韩明轻柔地摸着她的脸庞说，我们会在一起一辈子。

而这么些年里，韩明确实一直无微不至地照顾着薛琳。只是后来，他们还是像大多数的校园情侣一样分道扬镳。

毕业之后，薛琳如愿进入了心仪的时尚媒体工作，而韩明选择继续攻读硕士。

工作后的薛琳很忙碌，性格逐渐变得强势急躁，这个时候，他们的轨迹开始有了交错，感情也逐渐变得淡薄。

慢慢地，韩明不再嘘寒问暖，不再早晚相安，他们见面的机会也越来越少，好几次薛琳想和韩明好好聊一聊未来，可是他总是缄默不言或是眉头紧锁。

再后来，薛琳听说，韩明在学校里和一个研究生走得很近，又听说他们一起上课下课，一起在食堂里吃饭，一起做了很多她和韩明曾经做过的事。

于是，没有天雷地火的争吵，没有日夜不休的纠缠，甚至没有一句"分手"，薛琳就删除了韩明所有的联系方式，毁灭了几乎所有他们曾经在一起过的痕迹。

年少时的感情如同林火泛滥一般，因着一点点火星就燃烧了漫山遍野，一发而不可收。最后却在岁月的烈烈朔风中逐渐熄灭，原本葱茏的林海也只剩下满目疮痍的灰烬。

真正的心如死灰。

还要再等多少年，才能重新恢复原来的草木茂盛？

然而，这么些年，他也没有主动联系她。我猜想，这可能是男人的自尊心作祟吧，总是希望身边有一个能够被自己照顾的对象。

仔细读完这本书，我忽然想起在张信哲的一首老歌里，有这么一段伤感的旁白。

"你真的忘得了你的初恋情人吗？

"如果有一天，你遇到一个和他长得一模一样的人，他真的就是他吗？还有可能吗？

"这是命运的宽容，还是另一次不怀好意的玩笑？"

这么些年她应该过得凄苦，一定曾在新恋情面前摇摆不定，在午夜梦回的旧故事里泪湿枕巾，或者在拥挤的人潮里暗下决心要终结孤单。

可是，如果心底依旧还有牵挂，那么所有一往无前的勇气都将变得没有意义。

她依旧是女神模样，却依旧孤零零一个人过。

4

其实认识薛琳的这一年多来，我一直觉得她不怎么做正经事。

因为工作的原因，薛琳经常飞在欧洲列国，可是，我总觉得她是在游山玩水。

朋友圈里，她不断 PO 出以地标建筑为背景的自拍照，抑或是各种当地的美食配上餐酒，这样的恣意妄为让我很是羡慕。

而在国内的时候，她的朋友圈更新是有规律的。每天早晨，是精心搭配的花式早餐。深夜里，她会发一些感性的文字。"雷拉"的每一条公众号微信，她都会转发。她说她很喜欢这个别致的女人。

初夏的时候，群主大饼组织大家爬黄山看云海。

没想到，彪悍的薛琳居然有恐高症，一路上腿都抖得不行，眼睛只敢直视正前方。大饼自告奋勇要陪她原路返回，在山脚下等我们归来。奈何我们横劝竖劝，她还是很倔强地要完成这段征程。

嘴巴虽硬，但腿还是不听话地哆嗦。

后来，薛琳拉着我背包的肩带，亦步亦趋地往上爬。一路上，我一言不发地默默前行，她控制不住地大声喘气，我们错过了奇石怪松云海，只是赶路。好几次我想停下来休息，可是回过头，就看到她坚毅的眼神。

终于踏上光明顶的那一刻，薛琳骤然跪倒在地上，胸脯不断地激烈起伏，眼眶里噙满了泪水，好像是完成了一项很神圣很庄重的使命。

我不知道，登上山顶于她而言究竟有什么样的特殊意义，但我知道，至少这是突破了自己极限的滋味。

在一旁的大饼凑到我身边，低声问："你和她……是不是……"

我怔怔地望着依旧浑身轻颤的薛琳，不置可否地摇了摇头。

下午返程，我们遭遇了瓢泼大雨，一路奔跑躲到沿途酒店的门廊里避雨。

可是薛琳的心情却出奇地好，她笑盈盈地夸奖我："幸好你机智，准备了雨披，简直旅行最佳伴侣。"

我心里有些得意，伸手想为薛琳摘去粘在头发上的树叶，可那一瞬间，她犹如触电一般往后退缩，眼神里全是防备和恐慌。

我有点儿尴尬地愣在原地，手却还停留在半空中。一旁的大饼惊愕地望着我们，一脸的迷茫和不解。

只是，那一刻我突然意识到，原来我和大饼是一样的，我们俩的区别，只在于头发的多少而已。

后来我和薛琳依旧一起跑步，不曾停歇，我们越跑越久，也越跑越快，原本不敢奢望的"半马"竟然也能驾驭得游刃有余。

她似乎有无穷无尽的精力。我也随着她一起参加了很多跑步活动：阿森纳慈善跑，"海乐樱"郊野半马，滴水湖涂鸦 T 恤欢乐跑，滨江十公里荧光跑，国金中心的五十七楼登高，甚至是一个鸡蛋的暴走。

除了在黄山的那一次，我总是跟在她的身后。

再后来，当我闲来重新翻阅那本书的时候，才发现，原来韩明和薛琳一起爬过黄山，却因为薛琳的恐高而半途而废了。

时过境迁，她竟然依旧感动如斯。

我原以为她是真的热爱跑步，奈何她同样是为了宣泄和遗忘。

是啊，奔跑能让往事褪色，能让回忆搁浅，能用身体能量的释放来稀释心底暗藏的委屈。只有在跑步的时候，才不会去想念。

有时候乌云遮蔽月光，有时候雨水浸湿脚印，偶尔会在斑马线前调整呼吸，却从不停止前行的步伐。

一停下来，他的影子就萦绕身前，他的笑声就回荡脑海，汗腺重新化作泪腺，看不真切红绿灯的轮廓，也不知道应该重新上路，还是退回原点。

所以，时间的河匆匆向前流，南飞的雁从来不回头。

　　奔跑能让往事褪色，能让回忆搁浅，能用身体能量的释放来稀释心底暗藏的委屈。只有在跑步的时候，才不会去想念。

5

签售会后的几天，是上海国际马拉松赛。

据说名额很紧张，薛琳很早就想办法替我们俩都报了名。

比赛当天，她载我一起去。因为那天的一些嫌隙，我的态度有点儿冷漠。薛琳一反常态地跟我打趣抬杠，很努力地想做一个逗逼。

可惜她天生没有喜剧细胞，虽然没法儿搞笑，可是这明显的落差感却还是让我忍俊不禁。

后来，我随了她的大人有大量，开始和她有说有笑。

只是，没想到这轻松的氛围并没有维系多久，在外滩的集合点嬉笑打闹的时候，我们居然遇到了韩明和他女朋友。

穿着运动服的韩明体形很健硕，他的女朋友依旧亲热地挽着他的手臂。

我叹气，如果世界上没有那么多意外和巧合，那么大多数人的生活应该都会更加平静安逸。

那一瞬间，我们四个人应该都是目瞪口呆的表情，因为有些眉眼如此相似又让人心生憎恶，有些重逢终究来临却叫人措手不及，言语哽在喉咙难以发声，身体僵在原地无法动弹，只因为心底已然涌起惊涛骇浪。

这个时候，唯有笑才能融化这种尴尬。

眼神交集之后，韩明收起僵硬的笑容，犹疑地打量我，自言自语地说："好像有点儿眼熟。"

我朝他礼貌地略一颔首，然后两对人很默契地分开。

我们跑的都是半马。韩明的身位很靠前，他的躯干挺直，步伐迈得轻盈，双臂摆动的频率很规律，看得出是一名很有经验的跑者。

而薛琳掌控着她和我的速度，我们和韩明保持着七八米的距离，他一直在视野可及的范围之内。

到最后五公里的时候，韩明却出乎意料地放缓了速度。我甚至发现，他的脚步有些踉跄不稳，步点也无法保持在固定的节奏上。

我们很快追上了他。他略带失望地朝薛琳瞥了一眼，然后继续将速度降下去。看起来，他是打算放弃了。

我保持着和韩明平行的位置，问他："脚崴了？"

韩明皱了皱眉头，然后哂然笑道："鞋不舒服。"

忽然薛琳朝我大吼一声："跑啊，慢下来干吗？你难道又打算放弃吗？"

我诧异地望向她，她板着脸，眼睛却红通通的。

韩明也望向她，薛琳迅速扭过头，自顾自地往前跑去，速度比之刚才又有提升。

我无奈地拍了拍韩明，紧跟着薛琳而去。

只是没想到，韩明一路跟着我们，尽管一瘸一拐，但却坚持

　　我想穿过清冷的街道，牵起微凉的晚风，吹
开翻滚的乌云，从原点一直到终点，为独自前行
的你，点亮沿途的每一盏路灯。

到了终点。

　　停下来之后，他的额头满是黄豆般大的汗珠，眉头紧皱，紧紧咬着牙，一瘸一拐地往旁边走，眼看快要支撑不住。

　　我感觉薛琳的身体朝前晃了晃，似乎想搀扶韩明，但他女朋友却冲上来拥抱了他，热情地亲吻他的脸颊。

　　韩明搂着他的女朋友，慢悠悠地坐下来，脱去跑鞋，脚底赫然已经起了一个大泡。女朋友怀着歉意撒娇道："我应该让你穿那双旧跑鞋的。"

　　这个时候，我看到韩明的身躯微震，然后他眼神直直地望向薛琳。而薛琳骤然背过身去，用毛巾裹住整个脑袋，双脚却极不自然地摆了个内八字。而我突然意识到，自从认识薛琳开始，她一直穿着脚上的这双同款跑鞋，看上去破旧不堪。

　　气氛有点儿沉闷，薛琳转过身来给了我一个眼神，示意一同离开。我随着一声不吭的薛琳回到她车里，她主动坐到副驾驶，然后垂着头一直喘息，汗水不断地从她的发际间滴落在车垫上。

　　我想，人的绝望情绪应该是浑身散发出来的，捂住嘴巴不发出声音，努力睁大眼睛，让眼泪流不下来，可是，身体却还在不停地颤抖。

　　是啊，为什么今天你一瘸一拐了还能够坚持下来，可是当年那一段简单的爱情长跑，却没有执着地撑到最后？而如今，终于成了一个触不可及的陌生人，陪在另一个陌生人的身边。

6

那一晚，薛琳在我的酒馆里喝得酩酊大醉。她无坚不摧的倔强终于崩塌。

看着她痛苦的模样，我的心中也有不舍。

我明了她的心事，既不愿回首往事，又不能勇往直前，只得在原地踟蹰。可是她怨恨自己懦弱的状态，就像我一直说的："不该若无其事的，却还是一如既往。应当形同陌路的，却奈不过来日方长。"

活在过往中的人总是这样折磨自己，反反复复，日日夜夜，岁岁年年。

有的感情欢娱一时，有的感情羁绊一生，只是，坦然面对的人最后笑看风云，耿耿于怀的人依旧惶恐不安。

正惆怅间，薛琳放在吧台上的手机震了一震。我瞥了一眼，是一个陌生来电。

薛琳抬起头，醉眼惺忪地看着屏幕，接起了电话。一开始她沉默，然后脸庞微微抽搐了几下，忽而轻松地扑哧一笑："傻瓜，你在说什么啊？我已经结婚了。"

我从来没听她用这样的语调说话，她的声音很柔，柔到能够融化掉所有的激烈情绪，就好像倾泻而下的皎洁月光，将人行道都染成银白色，包裹起脚步匆忙的夜归人。

电话挂断，薛琳深深地叹了一口气，嘴唇颤抖，她似乎想说些什么，却终究没有说出口，泪水在眼眶里打转，也终究没有流下来。

又过了半分钟，手机屏幕又亮起，一条短信，只有两个字，"谢谢"。

薛琳紧紧咬着自己的嘴唇，狠狠地掐自己的手背。

原来，她的温柔才是最坚硬的倔强。

可是不能回应，一回应就抹去全部苦涩回忆，不能流泪，一流泪就稀释所有过往甜蜜。世界会地动山摇，心里会百转千回。要么你等我，待我重整旗鼓，待我枯木逢春，要么你娶我，许我白头之约，赠我一世情缘。

只是，不要这么不痛不痒地做假设。

后来，薛琳在酒馆里醉得不省人事，像婴儿一样蜷缩在沙发上。

打烊后，我开车送她回家。她摇下车窗，将手一直伸在窗外感受夜风，后来，她脱下了脚上的跑鞋扔到了路边。我指责她乱扔杂物，她就拼命地傻笑。

真是无奈，喝醉后，冷风吹拂就清醒。清醒后，胃脏翻滚就流泪。流泪后，心潮汹涌就想念。想念后，杯盏交错就喝醉。在这个悲哀的循环中，慢慢凋零，慢慢失去了爱的能力。

将她安顿好，走的时候我忍不住问她："那么，你还爱他吗？"

她仰天叹息，慢悠悠地说："爱这一个字无须多言，一辈子那么长，慢慢去写就好。"

我为她关上门离开，门后却传来弱不可闻的哭泣声。

我依稀记得，那本书的最后一段话：

"我想穿过清冷的街道，牵起微凉的晚风，吹开翻滚的乌云，从原点一直到终点，为独自前行的你，点亮沿途的每一盏路灯。

"因为，我也依旧怀念彼此的青春年华。"

那么，还记得陪你跑过青春的那个人吗？现在，他还留在你身边吗？

谢谢你，
让我变成了你想要的样子

文 ▶▶ 李尚龙

谢谢你，在我的生命里走过一段路。

谢谢你，离开了我的世界。

谢谢你，让我变成了你想要的样子。

时间，是最好的良药。

by 李尚龙

1

那天上午，我坐在电脑前，写着剧本。时而沉思，时而发呆，忽然电话响起，我看到一串熟悉的号码，却又没有存对方的电话。

满满的疑惑，我接了电话，电话那边一个醉醺醺的声音："尚龙……"

我听出她喝醉了，于是赶紧问："姐，你谁啊？大白天喝酒。"

电话里的声音忽然变得清楚，她说："尚龙，三年没见，你还好吗？"

2

电话那边的那个女生，是我的前女友，现在，在地球另一边，美国的 LA。她是一个典型的摩羯座女生，平时不说话，我们在一起的时候，经常好几个月彼此不打电话，因为每次我打过去，对方不是占线就是没人接听。

有时候过了几个小时，她才打电话过来，跟什么事情也没发生一样，问："找我什么事情？"

我是个急性子，有事基本上都是打电话，更受不了发一条条微信，磨磨叨叨。久而久之，重要的事情，我就不跟她打电话了。

可是，一个人在北京，夜深人静的时候，总会莫名其妙地想到她，于是，我打开短信，发给她：你在干什么？

她回得很快：在想你。

不知怎么的，每次打电话她都不接；可是发短信，她回复得特别快。

3

我和她见面的时间很少，久而久之，两人的关系变成了情感依托。那时她在准备出国的材料，而我除了上课就是备课，两人都忙。

逐渐，我们都变成了对方的信仰，平时不联系，只有在夜深人静的时候，才会给彼此发上一条短信。

后来，我们不用短信了，改成了微信；她从来不给我的朋友圈点赞，自己也从不发朋友圈。

一次我问她："你为什么不给我点赞？"

她说："以为你想说的，都会直接告诉我。"

我又问她："那你为什么不发朋友圈？"

她说："除了爸妈，我的生活只有你。爸妈每天都能见，而你每天晚上都会跟我说晚安。"

我们的爱情，慢慢地变成了柏拉图式的恋爱，甚至有时候见面，连牵手都变成了奢侈。

但每天晚上，看到她发的"晚安"我会心安；她告诉我，每天晚上，知道我睡了她会安心。

4

那时，我在北京一无所有，除了剩下一腔热血和勇敢的青春，就只有没命地上课，赚一些钱。偶尔我会想到我们的未来，可未来毕竟太远，唯一能做的，就是干好自己的事情，上好课赚课时费。那时的想法很简单：只是希望有一天，凭借自己的努力，能给她带来幸福。

后来我才知道，她的父母反对我们在一起。她母亲只问了她三个问题：他买房子了吗？他买车了吗？他有北京户口吗？

当知道答案后，她的母亲冷冷地笑了笑，然后告诉她：不准再交往了。

她听话，几乎不敢跟母亲反抗，但又不愿意抛弃这段感情，于是不再接我电话，减少了和我见面的次数，那些夜晚，她只能用打字来表达她对我的思念。

其实我能感觉到她家里的反对。那天是她生日,我问她:"你家里人对我有什么要求吗?"

她笑着摇摇头:"这是我们谈恋爱,又不是他们跟你恋爱,对吧?"

那晚北京很冷,我们在东单的银街上,雾霾和黑暗笼罩着这座城市。我看不到前方,就像二十二岁的我,看不到自己的未来一样。

我只能依稀看到她的笑容,勉强地触碰到她的手。昏黄的路灯照着她,很模糊,也很真实。那年她正在读大三,不知道怎么化妆的她双眼皮胶贴歪了,但她不知道,只是一直笑着,笑得很幸福。

生日快乐。

5

跟我说分手的时候,是她拿到了美国大学的 Offer 当天。那天,我等着她的微信,等着她跟我说晚安。

两年不间断的晚安,我一天结束的标志已经不再是等到十二点,而是等到她发的晚安。

那天,等到的却是"尚龙,我们分手吧,我们是赢不了未来的"。

看到微信后,我一夜没睡,因为从那天开始,我不知道该如

　　每天晚上，看到她发的"晚安"我会
心安；她告诉我，每天晚上，知道我睡了
她会安心。

何结束。

我很想赶紧入睡，希望明天睁眼，这一切只是南柯一梦。

可是，连觉都睡不着，哪来的明天？

那时，我已经是个导演。天亮后，我走进片场，忽然觉得心撕裂地疼。我尽量克制自己不去想这些事情，沉浸在工作中，却总在安静的时候，一切都被鬼使神差般地想起，然后摧残着我的灵魂。

一周后，我们杀青。那天，大家集体去了一个酒吧喝酒，第一杯下肚后，憋了一周的眼泪"唰"地流下来。

不就是买不起房，不就是买不起车，不就是没有北京户口，为什么不肯等我一下？随着我的年龄一天天地增长，这些都会有的。为什么不肯相信我一次？我能为你挣得这些啊！

就在那天夜里，我删掉了她所有的联系方式。

我开始用疯狂的工作去填内心的洞。那天起，我每天早起逼着自己跑五公里，晚上接了两个电视剧剧本的活疯狂地查资料写作，然后跟江湖上各种人见面谈事，考各种各样的证书。

我不让自己有休息的时间，害怕自己在安静的时候，背出了她的电话。

幸运的是，时间，是最好的良药，一年后，我清除了所有痛苦；哪怕去了同样的地方，也不再触景生情。

6

她打电话给我的时候，我已经不是二十二岁的那个小男孩了。这些年，每天的奋斗让我有了足够的积蓄，弹性的工作让我有了想走就走的能力，健康的身体让我大胆追逐自己想要的生活。

接到她的电话，先是有些震惊，但很快，我安静了下来，听她讲。

"你还好吗？"

"嗯，挺好的。"

"今天刚回国，就是忽然想到你了，就问你好不好。"

"挺好的。"

我不知道该说什么，其实，就像我们在恋爱的时候也很少打电话，忽然打来的一个电话让我有些不知所措，觉得讲什么都是错的。

她说："这些年我看你的文章，看你的电影。"

我说："谢谢。"

她说："觉得你过得挺不错的。"

我笑了笑："没有，直到今天，我没买房子，车子是朋友送的，也没有北京户口。我没有变成你要求的样子，但是我很开心。"

她苦笑地说："我知道你现在买得起，别记恨了，过去的，就让它过去吧！"

我笑了笑，说："早就过去了，别担心，我很好。"

她说："你好就好，这是我的电话，再联系。"

然后，她挂了电话。

我打开电脑，继续写着剧本，时间一分一秒地走，电脑上的文字一行一行地进行着，很快地，我就忘记了这通电话。

7

我没有活成她妈妈想让我变成的样子，现在，我有了最宝贵的自由，用一技之长活在这个世界上，虽不是大富大贵，但至少尊严、体面地过着自己想要的生活。

那天，写完剧本，约了几个哥们儿喝酒，几杯过后，我看了一眼手机上的日期，忽然想起：今天，是她的生日。

酒精的作用，让我忽然想起了三年前，银街上的我们。

我问她："你家里人对我有什么要求吗？"

她笑着摇摇头："这是我们谈恋爱，又不是他们跟你恋爱，对吧？"

我继续问她："那你呢？对我有什么要求？"

她笑得很开心，说："我希望你每天都努力，有足够的钱，这样能更自由；有喜欢的工作能让你每天开心；更重要的是，有健康的身体，能让你大胆追逐自己想要的生活。"

想到这里，我的眼睛充满了红血丝，忽然，两行泪不停地流了下来。

谢谢你，在我的生命里走过一段路。

谢谢你，离开了我的世界。

谢谢你，让我变成了你想要的样子。

青春的意思
就是我数学不好

文 ▶▶ 毛路

对有些人来说，
青春从来没有来过；
而对另一些人来说，
青春从不曾离去。

正如你可以跟某人 fall in love 一样，
你也可以跟某件事、某件物、
某个爱好醉入爱河。

by 毛路

三十岁生日那天，收到小美发来的微信：生日快乐，老女人。

我回她一排抓狂脸，假装生气道：别忘了，你会一直比我老。

小美发来一个大笑脸，外加两个字：是吗？

我还没想好该怎么回，她又来了一句：我数学不好，你不要骗我。

小美今年三十六岁，原名蔡××，"小美"是我们给她起的外号，"美剧"的"美"，而她的人生比美剧还美剧。小美还有一个英文名：DQ，意思是 Drama Queen。

小美当过会计，写过小说，开过公司，当过富婆，破过产，最后终于找到自己真正热爱的工作——种田，于是 2012 年把"帝都"的房子卖了，去云南承包了块地，一直种到现在。当初多数朋友都觉得她疯了，少数朋友夸她勇气可嘉。对前者，她说："你觉得我疯了这事儿跟我有关系吗？那是你的问题吧。"对后者，她说："这有什么勇气不勇气的？违背自己内心的事，才需要勇气吧，做自己想做的事只是本性使然。你看到红烧肉很香，就掏钱买来吃，这算是勇气吗？"有人问她："不怕赔得精光吗？"她回答："赔光了可以再赚嘛，大不了我再去当会计，反正饿不死就行了呗。"

三十二岁的时候，小美在朋友的聚会上，认识了一个已婚男人，他叫小奇。

有一天午休的时候，小奇突然收到一条来自小美的短信：我喜欢你。你结婚了，我不想跟你干嘛，只想告诉你，你很棒，我很喜欢你。

收到这种奇葩短信，一般的男人估计会被吓到，但小奇也是朵奇葩，他回了一句：谢谢。

小美：不客气。你可以请我去你家吃饭吗？

小奇：为什么？

小美：我觉得你这样的人，应该不会选择结婚呀。所以我特别好奇，什么样的女人能把你收服。

小奇：我得问问我老婆。

小奇把整件事情讲给老婆听了。一般的女人估计会醋意大发，不管怎样总会有点不爽，但小奇老婆也是朵奇葩，就叫她小葩吧。

小葩说："请她来呀。她喜欢吃鱼吗？"

请小美吃晚饭的头一天晚上，小葩给我打电话："路路，明天来我家吃鱼吧。"

我说："好呀！话说为什么叫我去吃饭？"

然后小葩就跟我讲了上面的故事，讲完还问我："你说会不会有点尴尬啊？"

我对着空气翻了个白眼说："尼玛，不尴尬才怪！"

"嘿嘿，所以叫你来！明天见啊！"然后小葩挂断了电话，留我一人在霾中凌乱。

第二天的晚餐，四个人谈天说地，从黄晓明的下巴到量子力学；从第一次约会到人生理想；从国际政治到魔芋烧鸡……让人不禁联想到小时候学校黑板报上八个大字——严肃认真，紧张活泼。在一分诡异、九分欢乐的气氛中，盘里碗里的美食被我们一扫而空。

临走时，小美对小葩说："你让我彻底服气，你俩在一起真的是太完美了，你是怎么做到的？"

小葩笑着说："我爱他，他是自由的。"

这句话让我印象非常深刻。几年后，看到一个豆瓣上的友邻说："对爱情，我觉得最好的态度是——'我是爱你的，你是自由

对爱情，最好的态度是——我是爱你的，你是自由的。

的'。但很遗憾，大多数人的态度是'我是爱你的，你是我的'。甚至有些人只有'你是我的'的观念。这就是爱情里那么多猜疑、防备、算计、嫉妒，以及随之而来的挑衅、争吵、报复、背叛，最终只有失望、痛苦、疲惫、怨恨乃至绝望的原因。"

底下一片嘲讽之声：LZ，你不懂爱。

对此我并不感到惊讶，因为很多人就是不相信世上有跟现有大多数人不同的爱情。而我对此种爱情的存在坚信不疑，因为小奇和小葩就是这样——我爱你，你是自由的。所以能坦然面对崇拜者，面对情敌，甚至可以成为朋友。如今，小美和小葩已是非常要好的朋友。

同样的剧情，换一批主角，恐怕会上演一场撕逼大戏，带来完全不同的结局。

有一次，小奇和小葩吵架。小葩扔下一句"这日子没法过了"之后，摔门而出。那天本来我和小美约了她一起吃饭，结果快到饭点的时候，她在我们"蛇精病互助小组"里宣布自己离家出走了，饭局取消。

在弄清缘由后，聊天记录如下：

我：你在哪儿？

小葩：十渡 ×× 农家乐。

小美：好羡慕，我也要去！

当天晚上，小美就开着车捎上我，去了十渡。

第二天一早，小奇出现在我们楼下，西装革履，手里还抱着一盆花。

小葩说："你干吗？"

小奇："我觉得你昨天说得对，这日子真是没法过了，所以我也离家出走了。"

本来早就消了气的小葩哈哈大笑，飞奔下楼。

小葩指着花道："送我的吗？"

小奇："是，小美说我应该带束花来，但我出门时太早，花店都还没开门。我就在小区里拿了一盆。回去的时候，记得提醒我买盆新的，给人家放回去。"

小葩亲吻了自己的丈夫，然后抬头望着我们笑，那神情，就像初恋的少女。

小葩比我和小美的年龄都大。第一次让小美猜我和小葩谁大时，小美毫不犹豫地指着我说："应该是你吧。"我捶胸顿足，无语问苍天。小美意识到自己猜错了，立马"补救"道："但是……但是你看起来没比她大多少，最多大一岁而已！"其实我比小葩小六岁。

很多人好奇小葩是怎么保养的。据我所知，在护肤方面，小葩可以说是得了"直男癌"，她家的浴室里就一瓶洗发水，用来洗头洗脸搓澡。小葩从来不用面膜，每天早晚，几十块的保湿霜胡乱往脸上拍几下，这就是她所有的"保养"程序。事实上她收入并不低，也从不吝啬钱，买张桌子的钱已经够我买一客厅的家具。她只是单纯地对"护肤"这件事没有兴趣而已。

我曾经问过小葩："你为什么长得这么年轻？"

她说："因为爱啊！"

那时候，她还没有遇到小奇。我说："得了吧，你女光棍一个，哪里来的爱？"

小葩说："正如你可以跟某人 fall in love 一样，你也可以跟某件事、某件物、某个爱好醉入爱河。我可以跟海滩、阳光、蓝天、滑雪、烹饪……甚至一本书，一把椅子，一张桌子等等 fall in love，享受它们的陪伴，享受恋爱般的甜美。也许这么说有点肉麻，但当你和很多东西 fall in love 时，你就会 fall in love with life，与生活坠入爱河。"

听她这么说，我一边浑身鸡皮疙瘩，一边偷偷在心里记下了这段话。

写了这么多，那青春究竟是什么呢？

青春就是小美、小奇和小葩，还有那些像他们一样恣意地做着自己的人。对他们来说，年龄只是个数学概念，而且他们往往"数学不好"，彻底忽略自己的年龄。他们永远不会对自己说：××岁了，我应该（或不应该）怎么怎么样。他们的字典里，凡事只有两种分类："想做的"和"不想做的"。

当然，不是说非得拥有年轻的外表，成天活蹦乱跳，像年轻人一样活，才是青春。很多东西如果太刻意，就会变成自身的反义词。刻意地不在乎，实则很在乎；刻意地有趣，其实最无聊；刻意地自信，其实是种自卑……刻意追求"年轻"，再多的肉毒素也藏不住脸上的衰老。只有年轻的灵魂骗不了人，年轻的灵魂懂得让躯体去做自己喜欢的事。就算你喜欢的事是养鸟、打太极、跳广场舞，这些被贴有"中老年爱好"标签的东西，只要你能乐在其中，那也是拥抱青春。

青春，不是一段时间，而是一种态度。对有些人来说，青春从来没有来过；而对另一些人来说，青春从不曾离去。

那个我深爱过的姑娘,
今天嫁人了

文 ▶▶ 桃啃笙

假若他日相逢,
我将何以贺你?
以沉默,以眼泪。

现实不过就是一场漫长的离别，
没有一生一世，
只有适可而止。

by 桃啃笙

1

　　谢晨朗收到一份快递，沿着虚线剪开，一不留神从里面滑出
一张卡片，落到地上。红彤彤的卡片与深棕色的地板形成巨大反
差。他弯腰从地上将卡片拾起，翻开，见到上面印的"永结同
心"，心蓦地沉了一下，仿佛一切都有预感。映入眼帘的名字与他
脑海中翻涌上来的回忆重合。

　　"顾湘"。

　　好久不见了。

　　前些天谢晨朗看完一部电影，在结尾处男女主角在机场告别。
离别总是需要在特定的场合进行，才会在日后想起时被无数个相
似的场景冲淡，比如火车站，比如机场，这样才不至于为过于深

刻的细节神伤。可最后一次与顾湘告别的场景，时至今日再次想起，谢晨朗仿佛连窗上结霜的纹理都可以清楚地临摹下来。

那是在她卧室的床边，在 2012 年离开墨尔本的那个清晨。天光依稀，谢晨朗穿戴整齐，打包好行李，临行前强压住千万分的不舍，在顾湘的床边坐了一会儿。她向来起得很晚，唯独那天早早地就醒了，她眼眶通红是因前一宿偷偷哭过。她问谢晨朗："最多三个月是吗？"

彼时谢晨朗的签证出了问题，和中介再三沟通，他还是决定先回国待一段时间，等处理好签证再回来。而他心里知道，三个月是不可能的，最快也得半年。但当顾湘向他要一个准确的答案时，他哽住了，终于明白书里写的那种感觉，想哭却根本哭不出来。

后来他扯开了她紧攥着自己衣角的手，临要关门的时候，他终究没能忍住不回头。他看到那个总是乐天派的姑娘，拉过被子哭声汹涌，像是惊涛骇浪在他脚下卷起一个巨大旋涡。

那时他以为自己若不快点儿离开，会被旋涡留住再也不舍得离开。

而此时——

谢晨朗将请柬放到茶几上，他穿戴好衣服，推开门——

时光回溯，是墨尔本那个寒气逼人的清晨。

2

　　谢晨朗第一次见到顾湘是在哥们儿的 Party 上。他十六岁那年就离开了家，和当时的女朋友一起去了悉尼。年少的感情就像是温室里的花，虽然娇艳，但一经冷风就会迅速枯萎。到悉尼的第三个月，女朋友喜欢上了学校棒球社的学长，然后两人和平分手，女友从此变作前女友。

　　在悉尼又待了两年，升学的时候他选择独自来到墨尔本。空窗了两年按道理讲挺不可思议的，尤其是在国外独自一人，难免会寂寞，但谢晨朗交际圈子极广，身边总是不缺朋友和玩伴，所以单身对他而言倒也算是别样的自由。

　　那天的 Party 上还是那些熟人，屋里 high 得沸反盈天。Party 的主办人阿哲裹着一身寒气从屋外推门进来，他去机场接了国内朋友的上司的女儿，一个梳着齐耳短发的小姑娘。阿哲向大家介绍新来的小伙伴，那天谢晨朗有些喝多了，在大家都哄上去自我介绍的时候，他独自靠在沙发上。他依稀能从人群的空隙中看到那张脸，不笑时很羞涩，笑起来却又是别样的画风。

　　等大家都散去了，阿哲拍醒睡在沙发上的谢晨朗，叫他送小姑娘回住处。

　　"你怎么不送？"谢晨朗还有些头晕，被从睡梦中强行拽出很是不爽。

　　"滚，别得了便宜还卖乖。"阿哲假装骂道，"你俩住得近，正好还能彼此认识一下。"

小姑娘也喝了点儿酒，小脸红扑扑的，一双大眼睛确实格外明亮。她搭手一拉谢晨朗："还不知道你叫什么名字呢——我叫顾湘。"

谢晨朗听后扑哧一乐："总这么叫着，不想家吗？"顾湘顾湘，回不去的地方是故乡。

许多年后谢晨朗才明白，回不去的地方，从来都是当时身处的地方。

3

谢晨朗送顾湘回家那天，把自己的联系方式留给了对方，两人住的地方很近，离别时谢晨朗告诉顾湘"以后有事找我就行"。但他当时说的纯粹是客套话，独自生活在异国他乡的顾湘却当了真。

自那以后她有事儿没事儿都要叫上谢晨朗，有时是去逛超市，有时是一起吃饭，熟悉后便一起逛街买衣服，上学放学。很快，顾湘也融进了谢晨朗的圈子里，凡是有谢晨朗出现的地方，不出三米绝对也能见到顾湘。

而恰巧两个人都是单身，孤男寡女在一起时间久了，关系又总是那么亲密，外人难免会猜测许多，朋友们时常会拿他俩打趣，觉得他俩实在是不厚道，瞒着朋友搞什么"地下情"。

只有谢晨朗清楚顾湘是个什么性格，她在男女关系方面说是单纯也好，说是心大也好，她并不觉得他们亲近一些有什么问题。阿哲私底下偷偷问过谢晨朗到底是怎么回事儿，被他义正词严的否认唬住了，末了还是不死心，追上一句："要不你俩在一起得了，一个摩羯，一个处女，挺合适的。"

正巧被顾湘抓住个尾音。她嬉皮笑脸地拉着谢晨朗的手，像荡秋千似的摇摇晃晃："要不咱俩在一起得了。"

谢晨朗没有立刻表态，而是反问顾湘："在一起干吗呢？"

顾湘说："我还是挺喜欢吃你的菜的。"

那时朋友正举着麦克风唱道："能成为密友大概总是因为爱……"

　　4

不久前，谢晨朗国内的朋友来墨尔本旅游，住在谢晨朗家，因为吃不惯西餐，谢晨朗便去超市买来一些菜，回家自己做着吃。两个人做了一大桌子菜，吃不掉就叫来顾湘。谢晨朗鲜少下厨，一直觉得自己手艺平平，一下子展示到众人面前还有些小害羞。神奇的是，一向挑嘴的顾湘竟对谢晨朗的手艺赞不绝口，自此隔三岔五地拎着食材往谢晨朗家厨房一塞，美其名曰"互帮互助，搭伙吃饭"。实际上是谢晨朗负责做菜，顾湘负责扫空，提前过上了上桌下炕的二大爷生活。

顾湘光吃不够，还下载了一大堆美食软件，每天在上头挑食谱。在顾湘同学的督促下，谢晨朗的厨艺一时突飞猛进，各大菜系不在话下。

我不再爱你的时候，也许不是我不爱
你，只是，我已不能再爱你了。

谢晨朗隔三岔五和朋友聚会，大家凑到一起常常喝到不醉不归，时间久了难免伤胃。顾湘几次撞见谢晨朗在厕所吐得昏天黑地，之后去超市买菜，听说羊奶养胃，便总会随手带回几罐替他放进冰箱里，督促他每天喝一些。

　　顾湘一本正经地大谈养生时，谢晨朗还笑话她像个老妈子。嘴上虽不停取笑，心里却希望时间停在此时也挺好的，两个人没有尴尬，也没有暧昧的感觉。心情好了你就来找我吃饭，我去找你逛街。心情不好的时候，你不用搭理我，我也不用去理会你。

5

　　但男女之间，荷尔蒙作祟，纯友谊有之，大概是男的穷矬女的丑。偏偏谢晨朗和顾湘外形上都算得上亮眼，所以哪怕刚开始对彼此心无杂念，时间久了难免生出别样的情愫。甚至那张窗户纸被捅破，比他们预想的还要早一些。

　　年末的时候，阿哲的女朋友回国过年，把阿哲一个人扔在家里，只能和大狗四目相对干瞪眼。他想起墨尔本还有另外两个没回家的小可怜，便载了一堆食物和酒来谢晨朗家过年。谢晨朗下厨，顾湘负责添乱，三个人热热闹闹地吃了一顿年夜饭。吃完饭阿哲和谢晨朗酒瘾犯了，俩人拎着酒瓶躲进卧室里喝酒。顾湘也要凑热闹，便窝在谢晨朗的床上玩手机。

　　酒逢知己千杯少，阿哲和谢晨朗很快就喝完了一瓶龙舌兰外加半瓶 VSOP，仍意犹未尽，便合计着再出去买点儿。两人拎起衣服就打算往外走，看见地上摆着的鞋，忽然想起还落下个顾湘。去超市的方向正好和顾湘家一致，谢晨朗回到卧室问顾湘："要不我先送你回去吧，十点多也很晚了。"

顾湘当时有些困了，但觉得自己回家待着也没意思，强打起精神摆摆手："不用不用，你们去吧，我留下看家。"

两人买酒回来再喝完一歇已经一点多，阿哲不知哪根筋搭错了，死活要回家。阿哲家离谢晨朗的住处开车要一个多小时，谢晨朗知道拦不住，也就不拦了，只是叫他顺便送顾湘回去。站在门口叫半天没人答应，这才发现顾湘早撑不住，猫在他被子里睡着了。

两人都有些傻眼，阿哲说："这可怎么办？总不能扛回去吧。要不你当回好人，收留她一宿。"

谢晨朗又轻轻推了推顾湘，还是没反应。他酒劲儿正好也上来了，头昏脑涨困得不行，就在床边搭了一角，穿着衣服沾枕头就睡着了。

第二天谢晨朗醒来的时候，天还没大亮，顾湘已经醒一会儿了，裹在被子里头玩手机。

墨尔本的清晨带着朝露未晞的寒意。他刚要说话，一个喷嚏先迫不及待地抢先一步，谢晨朗搓了搓鼻子，带着瓮声瓮气的鼻音假装生气地责怪顾湘："你可以啊，挺自觉呗，自己裹着被子睡着了，这给我冻的。"

顾湘："你怎么不说你们两个喝了那么久，我等得都困得不行了……"

她话还没说完，只看见谢晨朗怔怔地在她身旁盯着她，四目相对，他们仿佛听到有火苗噼啪作响。

窗台上一只麻雀被声音惊起，呼啦一下子张开翅膀，扑棱着飞离清晨五点钟的窗台。

6

那天以后，两人照旧一起买菜逛街，回家一起做饭，偶尔在假期出门旅行，给彼此拍一大堆新奇有趣的照片。唯一变化的就是，顾湘离谢晨朗的距离从步行十分钟，变成了每天清晨睁开眼就能见到，这是他们同居生活的开始。

起初一切都很美好，两个人在共同生活的环境里，带着对彼此的好奇与探索。但时间久了，许多矛盾则无止境地开始相互暴露。

顾湘经常会功能性发热，就是身体会发低烧，每当这个时候，身体的脆弱会加深情绪的敏感和躁动，两个人总会为此吵架。

许多时候只是一件微不足道的小事，比如谁洗澡的时间长了一些，也会成为两个人大吵一场的源头，然后是互不相让的指责。指责是最消耗感情的方式，只是那时仗着对方的宠爱，肆无忌惮地往爱人的心上插刀，冷静过后又会心生懊恼相互道歉，彼此亲吻，表达爱意不曾减淡半分。接着又在鸡毛蒜皮中爆发下一次争吵。

吵得最凶的一次，顾湘直接收拾行李走人，搬进了闺密家。谢晨朗待在家里，发现屋子里的陈设摆放丝毫不曾改变，却怎样看都找不回原来的感觉。

顾湘说："如果谈恋爱整天都不顺心，要吵架，那我还谈恋爱干吗？谢晨朗，我觉得我们还是分开一段时间，彼此冷静一下比较好。"

谢晨朗也觉得，本来独自一人都可以快快乐乐，为什么还要在一起，互相折磨？

但他们说的分开并不是分手，而是还给对方独立的私人空间，不再将自己强行塞进对方的生活。他们依然会一同上学放学，偶尔去超市买菜，回来谢晨朗做给顾湘吃。但他们不住在一起，他们会恋恋不舍地在顾湘家门口吻别，然后回到各自的房间，再抱着手机聊到深夜都不肯先说一句"晚安"。

那时他们重新找到了刚在一起时的感觉，有时一闭上眼，谢晨朗就会感到幸福从四面八方涌流，快要将他埋住。他喜欢顾湘，喜欢她乐天的性格，喜欢她的体贴和善解人意，她是最让谢晨朗觉得接近一张张美好蓝图的人。

7

两个人在一起一周年了，在假期，顾湘回国待了两周。那时两个人的感情发展到瓶颈期，彼此心知肚明这段短暂的分离或许

　　一个人想念另一个人的时候，往往可
以瞬间抵达白发苍苍的彼岸。

对他们而言将会是催化剂，更好或是更坏。他们默契地闭口不提，只是安静地等待着一个结果。

顾湘刚回去的那几天，两个人还会视频聊天，睡前发语音互道晚安。没过多久，谢晨朗就觉得有些不对劲，像是两个最熟悉的陌生人，因为过于熟悉，所以对彼此的生活再也提不起什么兴趣与好奇；有时聊天反倒像是为了应付公事，只是为了履行男女朋友的责任。

而当爱情一旦沦为需要靠责任才能够来维系，只能说明他们的感情已经很僵硬了。

顾湘来墨尔本是因大学"2+2"的项目，她有一个要好的学弟，也是因这个项目来的。对方初来乍到，像极了一年前的顾湘，什么都不懂，急切地需要一个人能带领着他；而顾湘又是一个称职的学姐，闲暇时会带着他熟悉陌生的环境，介绍自己的圈子给对方。

当初是谢晨朗领着顾湘，如今是顾湘领着别人。一切景物风貌都没有改变，唯独旧人成了新人。

顾湘每天都和小学弟聊得欢，谢晨朗觉得不对劲，但想要问时，发现自己也并没有那么急切地想要一个答案。而那时一个更大的问题摆在他面前——他的签证出了问题。

谢晨朗问顾湘："如果我不得不回国，你会等我吗？"

顾湘想了许久才给出了一个看似潦草又无比谨慎的答复："不

知道。"

那就是"不等了"的意思吧，谢晨朗有些悲观地想。

8

飞机降落的时候，巨大的轰鸣声令谢晨朗的耳膜一度嗡嗡作响，好像耳朵进了水，听觉好似无形中被加了一个玻璃罩子。

他早早地来到请柬上注明的地址，辗转要到顾湘的联系方式。拨通时，她正在酒店的房间里等待化妆师来上妆。谢晨朗站在门外，深吸口气依然难以阻止心跳加速。门从里面被拉开，顾湘身着一袭洁白的婚纱，长长的拖尾点缀着亮片好像散落的星光。她那一张面孔，满是掩饰不住的喜悦与幸福。

许多年前在墨尔本，有一次睡前顾湘用手指在头发上无聊地打卷，她问谢晨朗："如果以后我们分手了，许久不见你还能认得出我吗？"

当时谢晨朗十分笃定："怎么会认不出？无论你变成什么样子，我都会在人群中一眼找到你。"而此时此刻，近情情怯，少年时说过的话，他反倒不那么笃定了。

"怎么？被我美傻啦？"最后还是顾湘打破了这种沉默，她手攥成拳头不轻不重地在谢晨朗肩上打了一下，熟稔亲近——好像一个哥们儿般。只是她自己都不清楚，为什么尾音会颤抖，还有些鼻酸。

"没想到你真的会来。"顾湘说。

"嗯——得来。"谢晨朗还有些没缓过来，"恭喜你。"之后又是久久的沉默不语。

谢晨朗想起在飞机上听歌，一个女声唱："反而羡慕有些人，分手不愉快，才舍得转身离开……"

化妆师在谢晨朗身后敲门，两个人猛然从深陷的回忆中抽离。

"你化妆吧，我先走了。"谢晨朗转身离开，没走几步他听见顾湘从身后跑过来。

"谢晨朗！"她喊住他，"你还记得你走那天，我发给你的信息吗？"

谢晨朗身上的玻璃罩子好像被人一把掀开，周围的声音变得真切起来。他转过身，笑着点点头。顾湘站在他面前，用力地拉过他的手，像过去那样："谢晨朗啊，我真的很幸福，很开心。"

那就好。

离开酒店时，谢晨朗掏出手机，手机换了数个，手机号码也改了两次。只有那条信息，始终被他保存在手机里。

"如果我等不了你了，你会恨我吗？"

"还行吧，如果你没问我，也许会恨。但是顾湘，你一个人生活也很辛苦吧，只要你幸福开心，就好。"

手指点击"删除"，又敲下新信息"新婚快乐"发送过去，连带着顾湘的联系方式一并删除。

时间终究会比爱强悍，原来放下什么都不难，挣扎纠结过的感情，曾经固执地以为这辈子再也无法轻易忘却，而当某天各自出现下一个牵绊，关于前任的种种，自然会烟消云散。

9

本来决定不再回澳大利亚了，但因为各种原因，谢晨朗还是打算回到那里。每次因为墨尔本而想到顾湘时，他还是很感谢那段时光，她带给自己的美好回忆。大概就是她很早就教会了自己，要想尽办法让自己过得充实，不管是两个人的生活，还是独自一人。这也是人在年少时对一段成熟感情的定义吧，分开后彼此都成了更好的人。

而现实不过就是一场漫长的离别，没有一生一世，只有适可而止。

一辈子很长，
要和有趣的人在一起

文 ▶▶ 沙千

希望有生之年，
你我能有幸成为
彼此太长生活里有意思的那位。

在这个如林的世界里，
永远不缺少各式各样的人，
可唯独，有趣的，最难遇到。

by 沙千

王小波说："一辈子很长，就找个有趣的人在一起。"

容貌总会改变，面颊不可避免要松弛，可是对于生活的趣味则如同一技傍身，学习不来，学会了就丢不掉。

粗茶淡饭不要紧，朋友散场没关系，兵荒马乱也无所谓，和有趣的人在一起，一盏红烛，一杯烧酒，可饮风霜，可温喉。

1

晋人王子猷居山阴，一晚忽降大雪，子猷被冻醒，索性来到院中边饮酒边观赏雪景，不由得心绪起伏，吟起诗来。

有趣的人，未必有多显赫的名声，但肯定潇洒脱俗。

这种潇洒脱俗怎么定义呢？比如说一日坐公车回家，不料坐反了公车，却也没有影响心情，随性游览陌生的地方，有了一段不期而遇的惊喜。

特别记得大学的时候，和几个校友约着从学校骑车去大观楼公园游玩，半路突遇暴雨，一群落汤鸡还是有说有笑去了大观楼，然后跑去玩水了，特别开心的一天。

我想如果没有这种潇洒脱俗的作乐精神，发生这些事就又是截然相反的一个结果了。

2

《窃听风云3》上映前，周迅在一次采访中说："我很好奇为什么很多人追问我在片中戏份有多少？对我来说，与谁拍戏比戏份重要，生命就这么长，要和有趣的人一起度过。"周迅口中有趣的人，不只是《窃听风云3》中的老搭档，还有她甜蜜依偎着的高圣远。

特别喜欢周公子灵气劲儿，随性、洒脱、直率而有趣。只有这样的周公子在经历七场恋爱后终于有情人终成眷属。

3

一次与友人聊天，谈及对一个人的至高评价是什么？我答："有意思。"无独有偶，不久前读到一名流的文章，说在对交往对象的最高评价这个事情上，几位好友的观点竟出奇的一致，无外乎"这是一个很有意思，很精彩的人"。顿时，共鸣感铺天盖地。

用这样的标准来判断是否值得将一个人纳入自己的朋友圈，

或者长期交往，在一般人眼中或许稍显功利。在我看来，却是门槛最低的交友原则。

有意思的人常常是睿智、诙谐的，通俗说来就是，让人觉得可爱。与这样的人交往，仿佛一扇新世界的大门被打开，不同的视角、独特的想法、新奇的灵感，源源而来；即便相悖的意见，也能在碰撞间迸发出奇妙的火花。

4

日语中有个词，叫做成田分手。说的是该国很多新婚夫妇结束蜜月旅行后，随着飞机降落成田机场，二人关系也以分手收尾。

其实早在《围城》里，大智大慧的钱老先生已经借赵辛楣之口说过："结婚以后的蜜月旅行是次序颠倒的，应该先共同旅行一个月。一个月舟车仆仆以后，双方还没有彼此看破，彼此厌恶，还没有吵嘴翻脸，还要维持原来的婚约，这种夫妇保证不会离婚。"

沧桑岁月的损耗对象不仅是容颜，还有激情。如何在茶米油盐的琐碎里依旧"相看两不厌"，如何在桑田变幻以后，纵然面对白发与皱纹，依旧怦然心动，对彼此的兴趣是关键。无聊乏味的伴侣，毫无疑问，将不可挽回地把生活推向庸俗与索然。

一个有趣的人，他不一定必须具备深厚的学识，但他的内心必然是丰富的；他不一定走过很多的路，但他的生命中必然一直有故事在发生。在这个如林的世界里，永远不缺少各式各样的人，

沧桑岁月的损耗对象不仅是容颜，还有激情。

可唯独，有趣的，最难遇到。

希望有一天，你我都能与"自我"以外的他人世界发生一场异彩纷呈的相逢；也希望有生之年，你我能有幸成为彼此太长生活里有意思的那位。

所有的不开心
都是要付费的

文 ▶▶ 周宏翔

"你笑，很好看，
不要，苦脸了。"
"所有的开心都是免费的，
不是吗？"

拥有一颗向阳的心，
阳光就会流进心里，
驱走恐惧和黑暗。

by 周宏翔

　　我曾有过一段非常不开心的时光，或许是因为工作，或许是因为感情，又或许是些微不足道的小事，总归打不起精神来，在办公室如坐针毡，走在路上也觉得愁云惨淡，根本没有心思看完一部剧，甚至连早上起床也会觉得非常生气，质疑生活，也质疑自己。

　　那时候我住在古北，周围都是日本人，邻居上下楼，时时刻刻听到他们用日语问好道别。当时我所在的公司在徐汇，不远，地铁可以直达，从水城路到徐家汇，不过二十来分钟，所以我上班从来不匆忙。隔壁的日本男人总是西装革履提着公文包出门，看见我会情不自禁地说一声："哦哈哟。"他笑得很诚恳，但是我总是苦大仇深地看着他，甚至连一点儿回应也没有。到第二天，他突然说起了蹩脚的中文，向我问好。

"早伤（上）好。"

"你好。"虽然我还是要死不活的，但是确实被他的热情感染到了，不得不回应一句。

就这样，我们成了早上问候对方的朋友，有时候下班回家也会遇见，他说他叫藤井，我说我只知道藤井树，在岩井俊二的电影里，是柏原崇演的。或许他没听太懂，但是就一直笑，然后点头说："是呀是呀。"我想你都没听懂，摇头晃脑地答应个啥，但是出于对国际友人的尊重和保持中国人应有的素质，我没有揭穿他。

有一天他来敲门，说："我太太和我，吃饭，和你，想。"

虽然这语序实在有点儿怪异，但是我想我听懂了。当时我已经烧好水在泡方便面，原本想拒绝，但看着他恳求的眼神，我硬是把拒绝的话咽了下去。

踏进他们家的瞬间，我突然不知道该把脚往哪里放，整个屋子整洁得如同样板房，她太太竟也用中文说："你好，请进。"我有些手足无措，显得格外不自然。或许原本就没有和日本人交往过，加上心情确实不够好，所以也只是木讷地坐在那里，甚至想干脆找个理由回家好了。

桌上都是典型的日本料理，精致小巧而且色泽鲜美。藤井说："朵作（请）。"然后做了一个吃饭的手势。我不好意思地点点头。然后听到他问："你一个人吗？"我点点头。他又说了一句："sabishi

呢。"我当时差点儿跳起来，说："你才 sabishi 呢，怎么骂人呢？"
这时他太太似乎注意到我的脸色，立马解释说："sabishi 是寂寞的意思。"我似信非信地看着她，又不想表现得无知，也就没再表现出过多愠气。

他太太原来是和中国客户对接的产品经理，所以中文比较好，虽然不流利，但是基本上交流没问题。反倒是藤井，他说两三句，我就总是误解成别的意思，后来干脆埋头吃饭。这时藤井太太突然说："我觉得你好像总不是太开心。"

我抬头望了她一眼，说："有吗？没有吧。"

那是我非常难熬的一段时间，工作上遭受瓶颈，不管怎么做，似乎都得不到上级认可；即使出心裁想要做出一些不一样的事情来，结果却适得其反，弄巧成拙。有时候面对一堆事物，做到晚上九点十点，办公室剩下自己一个人，回家的路上才注意到女朋友的未接电话和短信，回过去只能惹来更多的争吵，最后不欢而散。回家躺在沙发上，一动不动，郁郁寡欢，电视里还放着狗血的相亲节目，那些成功的男人站在台上等着女人们亮灯灭灯。而我这样的人，估计连站在那里被选的资格都没有。

我怎么会开心呢？

有一天下楼遇到藤井太太买菜回来，看见我，也是热情地打了招呼。我随意地点了点头，就听见藤井太太说："千万不要不开心，否则会花钱的。"当时我先是一愣，然后望着她。她嬉笑道："我没有开玩笑，所以赶快开心起来吧！"

我没把藤井太太的话当回事儿，结果当天就丢了钱包。我狼狈地拨打各个银行的电话去冻结账户，然后到派出所补办身份证。那一天特别累，回家的时候，女友打电话来，问我周末都干吗了，我说没干吗，她就追问为什么没给她打电话，我不想说，心情依旧够糟，索性挂断了电话。她发信息来，说："你再这样，我真的没法儿跟你好了。"我淡淡地回复道："那就分手吧。"大概过了半个小时，女友发信息过来，说："你这些日子变了很多，如果你真的觉得累了，那我们就分开吧，不过准备和你一起买房子的钱，我想拿回来。"

我望着手机屏幕发了很久的呆，最后回了一句，"好"。

那天夜里，我辗转难眠，突然想起藤井太太说的那句话，思来想去，决定第二天去找她。因为调休，我正巧有时间，敲了藤井家的门，她丈夫已经上班去了。她看见我站在门口有些意外，我说："能和你聊聊吗？"

或许因为上班的时间，咖啡厅人很少，藤井太太坐在我对面。她是非常端庄的女性，虽然不知道岁数，但看起来确实很年轻，那天她穿着一件雪白的纱织外套，一点儿不像已经结婚好几年的妇人。

"藤井太太说不开心的人都是要花钱的是什么意思？"

"啊，高先生你是一直在想这个问题吗？"

"起初也没有放在心上，但最近确实发生了一些事情。"

"哦，这样子啊，我昨天那句话，其实是我先生告诉我的。"

"怎么说？"我好奇地看着她。

她微微一笑，端着咖啡抿了一口，不急不忙地讲道："之前我和我先生住在福冈，那时候我们刚刚大学毕业，虽然不是像早稻田或者东大这样的好大学，但是总的来说也不算差，可是毕业之后依旧很难找到合适的工作。那时候我和我先生可不好过，成天吃速食面，很辛苦，而且充满了抱怨，最主要的是我，当时已经快撑不下去了。我先生却说，不开心的话是要给上天交钱的。我开始以为他开玩笑，结果第二天出门的时候，因为火急火燎去面试，结果不理想，回家就很烦躁，看着家里泡面没有了，就坐公交车去附近的超市，但是你知道吗，我出门竟然忘记锁门了，回家的时候，东西被盗了。"

"真糟糕。"

"对，就是那天，我提着一袋泡面站在门口，心里发麻，钱全没了，我先生回来的时候，我已经哭了快一个小时了。他没有骂我，只是和我说，看吧，不开心的话，就要给上天交钱的。"

"你先生好像哲学家。"

"不，他也是从别人那里听说的。但就是那天，他抱着我，说，不如，就干脆不找工作，去上野公园看樱花吧！"她微微一笑，"要说不想是不可能的，但是当我和他真正站在上野公园的时候，我突然觉得好像事情也没有那么糟了。先生讲，你要是继续

你要是继续不开心，就会交更多的钱，
上天最喜欢向不开心的人收费了。

不开心，就会交更多的钱，上天最喜欢向不开心的人收费了。或许当时就真的信以为真了，总觉得要是继续这样不开心下去，就会发生更严重的事情，加上那天樱花真的很美，回去之后心情就不一样了。说起来很奇怪，可是真的就是这样，原本投十份简历，就改投二十份；原本被讨厌的地方，就尽量在下一次不要表现出来。没多久，我和先生都收到了公司的邀请信。"

"昨天我也丢钱了。"我低头说。

"是吧，果真是这样呢。我还有些朋友，他们不开心的时候就会忍不住买东西，或者伤害自己，最后终归都要花钱来解决，时间久了，就觉得这句话是有道理的。"

因为不开心，事情比原本预计的还要糟糕，不加薪，反而因为心情不好迟到而被扣钱；和女友计划好的未来，也立马被打乱；甚至一不留神就丢东西，果真朝着非常不利的方向发展。

我打电话约了女友在人民广场见面，我们已经很久没有见面了，我差一点儿认不出她来。她黑着脸看着我说："叫我出来干吗？"我说："没什么，就坐坐吧。"我递给她一杯买好的奶茶，她似乎没有那么生气了，然后我们聊了天，聊了我们似乎长久都没有聊过的对方，她又考了什么资格证，又去了什么地方，遇见了什么人，原来我已经漏掉了这么多东西。那天天气很好，可能就像藤井太太说的那样，我突然觉得心情也没有那么差了。

藤井夜里突然来敲我家的门，递给我一个像锦囊一样的东西，他说，这是御守，希望可以保佑我顺利起来，末尾就和她太太说的一样，用蹩脚的中文和我说，不开心，要花费钱的。我瞬间就笑了。

说来也奇怪，从那天开始，我好像开始转运了，有人打电话说捡到了我的钱包，因为里面有我的名片，他干脆送到了公司楼下。而之前的领导去了菲律宾，新来的领导看了我之前被 pass 掉的方案，居然重新捡起来想实施。女友和我重归于好，我们也决定了年底结婚。

早上醒来的时候，突然听到隔壁轰隆的声响，我开门去看，发现藤井夫妇在搬东西。

"你们这是？"

"我们要回日本了。"

"啊，这么快？"

"是的，说来到中国也有一年多了，我先生工作调动，所以不能继续留下来了。"

"唉，才刚刚熟悉。"

这时藤井先生冲上来，说："你，是个好人，开心了。"

我冲着藤井先生笑，藤井先生说："你笑，很好看，不要，苦脸了。"藤井太太紧跟着说："所有的开心都是免费的，不是吗？"

好长的日子，我都以为早上打开门可以看见藤井先生诚恳的微笑，和那句走音的"早上好"，但是楼梯间除了我，就只剩下从顶上圆窗投下来的阳光了。

你的脸就是
你的性格与福报

文 ▶▶ 王珣

青春散尽后的女人和男人
大抵都是如此，
不是变美了就是变丑了，
没有中间。

当我们种下了纯真、独立、
坚强、悲悯的种子，
自然能收获福报的果实。

by 王珣

我一直喜欢看某卫视的相亲节目，关注的并非谁牵手了谁、有没有修成正果，而是那一张张来来去去的脸，女人的和男人的。这是我了解人心的一个途径，而人性也会在这样看似喜庆的场合里暴露出最细微的变化，美好的和丑陋的。节目收视率很好，嘉宾们"演"的成分也就少不了，但再怎么掩饰或是表现，脸部的外观状态和眼神的沧桑、清澈，妥妥地代表着各自真实生活中的一切。

有位女嘉宾自我介绍时，说一堆个人喜好，又强调这就是最真实的自己，愿意接受这些的男人才有真爱，不接受的她也不愿搭理，看似颇具性格。她穿了件无袖黑色上衣，露出与年龄不相符的麒麟臂，即便浓妆也掩盖不住两颊的横肉和深深的法令纹，无不显现出性格里的自以为是和矫情做作，内在修养更是完全看不到。台下某个男人接了一句："你若是美若天仙，就不必说那么多要求了。"言下之意再明白不过：你若漂亮就会有男人上赶着犯贱，你若不是那就悬崖上独自展览千年贻笑大方。我不是在说只要长得漂亮了就可以随便作，而是在说如果长得不漂亮，越是作就越是丑。

　　你五官不漂亮，头发油，脸色差，长痘痘，不化妆还觉得自己素面朝天就是美；你腿粗，邋遢，每天疯疯癫癫爆粗口脾气差胡吃海喝又没吃相，还喜欢拿真爱说事，希望有男人爱上真实如这般的你？他要么是和你一样的人，要么就是个傻瓜了。你实在没有资本让别人钟爱你一生。你不是矮就是胖，和帅不沾边，没学历没好工作，没出身又没钱，你不尊重女人又离不开女色，用表面的努力遮掩背后的自卑，猥琐是你的个性，自私是你的墓志铭，你还要求女人视你的金钱如粪土，死心塌地目无旁人地崇拜、迷恋你一辈子，那你就真是个人渣了。你实在不配拥有女人的一生相陪。

　　很多人自己嘴上的优点和优势，都是实际意义上的缺点和毛病，不愿意改也就罢了，生活中把性格缺陷当个性的人不在少数，但要是以此来衡量人的真诚度和爱的持久度就有点儿过了。爹妈给了花容月貌当然是最好的条件之一，家庭出身和教养也是重要因素，可这些如果你都没有，那你总要有些后天培养出的可爱之处吧！情感生活更是需要相互妥协，所谓的利益因素，我的理解是共同努力共同进退所换得的彼此需要，我们只有越变越好才不会彼此厌倦和嫌弃。不要一听"更好"二字就觉得自己做不到，或是固执地认为这纯粹是在投男人所好，自卑和浅薄向来是我们成长路上的拦路虎，不漂亮的自己首先就会阻挡你发现快乐和认识世界。别再跟我说你忙了，好像我就不忙似的，忙到变丑忙什么都事倍功半，忙到变美忙什么都事半功倍。别再跟我说你有内在了，我什么都没看出来不是我眼瞎，而是你的脸让我实在没兴趣看下去。

一个长期生活在抱怨和不满、缺陷和狂傲、阴谋和心机中的人，容颜首先会日渐丑陋，内在更是好不到哪里去，和这样的人交往、合作、生活，结果可想而知。十年前我觉得周杰伦一点儿都不帅，唱歌时歌词都咬不清，现在我每个周末都追有他在的《中国好声音》，因为我发现他多了俊朗和味道，幽默又真诚，体贴又温暖。这么多年里他除了爱妈妈，还去爱了漂亮的女人，给了她古堡里的童话婚礼，有了可爱的宝宝，爱得广了心就宽了人也帅了。青春散尽后的女人和男人大抵都是如此，不是变美了就是变丑了，没有中间。

对未来的真正慷慨，就是把一切献给现在；而你现在的付出都将是一种沉淀，它们会默默铺路让你成为更好一点儿的人。相由心生，人的性情品格和思想感情必然会表现在外在上。精神世界虽是内在的不可见的，但实际也能给人外在的直观感受。一个外观漂亮干净有细节的人，无论职场还是情场都能为自己赢得更多机会和信任，境随心转，当我们的心不再为外界纷扰，就会日渐拥有强大的气场。你的认知变了，眼前的世界就会不同，你的境遇也会因为你的力量而斗转星移。

胡适之先生说："要怎么收获，先要怎么栽。"当我们种下了纯真、独立、坚强、悲悯的种子，自然能收获福报的果实。女人漂亮的秘诀在于眼神的清澈，那是心灵的上善若水；男人俊朗的秘密在于心胸的宽广，那是灵魂的厚德载物。

唯有那些美好的性情与品格，能给我们一张抵得过岁月的漂亮的脸，而美貌也是一种福报。

我相信，你还可以做得更好。

作者简介

▼▼▼

达达令　毕业于 985 高校新闻学专业，做过电影策划，时尚杂志撰稿人，专
栏作者，现就职于某知名互联网公司。微信公众号：她在江湖漂。

芝　麻　留英理科生，毕业于伦敦大学国王学院。跑友族　出嫁人，妇能量。
著有《你正美好，何必彷徨》《不是闲人》等书。
微信公众号：芝麻在线，新浪微博 @ 芝麻观。

老　妖　逗逼型分裂少女，只想要做个有趣、认真而且努力的人。
微博 @ 老妖要 fighting，豆瓣：老妖，微信公众号：好姑娘光芒万丈
（ID：goodgoodgirls）。

杨熹文　有意思吧驻站作者，网上以"老杨"自称。一个热爱生活的自由职
业者，留学新西兰。相信美好的人生从来都不会降临在稀薄的生命
里，我能够做的，只是别让生活太冷清。喜欢热闹的生活，那仿佛
是一种欣欣向荣的预言，听起来特别踏实温暖。著有畅销书《请尊
重一个姑娘的努力》。

鬼脚七　本名文德。自媒体专家，两年多的时间，自媒体"鬼脚七"已积累了百万忠实的粉丝。偶尔深沉，偶尔文艺，走在修行的路上，做一个有思想的人。新浪微博 @ 鬼脚七的2014，微信公众号：鬼脚七（ID：taobaoguijiaoqi）。

风荧子　原名李丽，现居武汉。曾任深度调查记者，现闲散码字，擅长揭露一切，终生与世界格格不入。微博 @ 风荧子，微信公众号：风荧子（ID：gushirenxing）。

李荷西　彻头彻尾的双鱼座，豆瓣曾用名贵小美，常用笔名李荷西。爱做梦，爱制造爱情故事，永远相信爱情，相信世人终将像故事里那样相爱。擅长以第一人称和第三人称写爱情故事，让人置身其中，难辨真假。已出版作品《所念人，所感事》。

周文慧　青年作者，代表作品《我要你有什么用》《上大学有什么用》《食物是最温暖的治愈》《你的翅膀停在哪儿了》等。
微博 @ 周文慧 ID，微信公众号：周文慧。

刘小甜　微博 @ 黄毛丫头刘小甜，公众号：天黑说晚安（ID：kissmewanan）燕园非典型性行政管理研究生，现专栏作者，愿温柔倔强貌美如花，求见多识广学海无涯。

七　毛　一个讨厌的怪人。人生在世，唯有辣和爱不可辜负。微博 @ 七毛是
　　　　我，微信：七毛（ID：qimao0908）。

李月亮　自媒体作家，微信公众号：李月亮（ID：bymooneye），深入解读情
　　　　感、婚姻、生活、人性，探寻理性、优雅、有品质、有力量的生存
　　　　之道。著有《愿你的生活，既有软肋又有盔甲》《你受的苦将照亮你
　　　　的路》等。

艾小羊　睿智的闺蜜型女作家，致力于探索新女性的自我完善与情绪管
　　　　理。代表作:《我不过无比正确的生活》，公众号：清唱（ID：
　　　　qingchangaixiaoyang），微博 @ 有个艾小羊。

老　丑　作家，摄影师，流浪诗人，著有《我想和你好好在一起》《每个
　　　　人的爱情都有问题》等。豆瓣：老丑，微信公众号：老丑（ID：
　　　　weixinlaochou ）。

时光君　@ 时光君先生，白天卖笑，晚上卖酒，偶尔讲身边人的故事，已出版
　　　　短篇故事集《我一直都想嫁给你》，微信公众号：zaijianshiguang1127。

李尚龙　2008 年，以优异成绩考上重点军校。2010 年，荣获 CCTV"希望英语"
英语演讲风采大赛全国季军；同年荣获全军二等功。2011 年，纵是
万般阻碍也毅然退学，后加入"新东方"。2015 年，出版畅销书《你
只是看起来很努力》，2016 年，再次出版畅销书《你所谓的稳定，
不过是浪费生命》。

毛　路　作家，编剧，已出版《我们为什么会分手》《吻着梦想过日子》等。

桃啃笙　送你一碗鸡汤，附赠一记耳光。微博 @ 桃啃笙，公众号：桃子叨哔叨。

周宏翔　作家，编剧，已出版《我只是敢和别人不一样》等畅销书。

沙　千　一沙一世界，安静写字的手艺人，闲走几段路，讲几个故事，喝几壶
老酒，啸一声江湖。微信公众号：深夜诗堂（ID：shaqian100200）。

王　珣　笔名"芙蓉树下"，新浪点击千万名博，知名两性情感作家，畅销书
作者，新锐编剧。已出版作品——女性情感文集《你有多强大就有
多温柔》《美人的底气》《重遇 20 岁的自己》《遇见懂爱的自己：100
个幸福的理由》《为什么白头到老这么难》；长篇小说《婆婆，我的
非常闺蜜》《试用期千金》。

图书在版编目（CIP）数据

愿所有美好如期而至 / 十点读书主编 .
-- 北京：北京联合出版公司 , 2016.3
ISBN 978-7-5502-7377-1

Ⅰ . ①愿… Ⅱ . ①十… Ⅲ . ①散文集—中国—当代
Ⅳ . ① I267

中国版本图书馆 CIP 数据核字 (2016) 第 054340 号

愿所有美好如期而至

项目策划　紫图图书 ZITO®
监　　制　黄利　万夏
丛书主编　郎世溟

主　　编　十点读书
责任编辑　昝亚会　夏应鹏
特约策划　林　少　玲　子　郭雅君
特约编辑　李媛媛　申雷雷　李　圆
内文插画　朴智英　咖啡色　fan　zero　亦良璇子
　　　　　VANYALIANG　Shelia Liu　狼孩儿
　　　　　chomo　黄雷蕾 Linali　小唯 licy
装帧设计　紫图图书 ZITO®

北京联合出版公司出版
（北京市西城区德外大街 83 号楼 9 层　100088）
联城印刷（北京）有限公司印刷　新华书店经销
100 千字　880 毫米 ×1280 毫米　1/32　8 印张
2016 年 3 月第 1 版　2016 年 8 月第 4 次印刷
ISBN 978-7-5502-7377-1
定价：45.00 元